徳　間　文　庫

円也党、奔る

光秀の忍び

早見　俊

徳　間　書　店

目次

主な登場人物

明智光秀……美濃国の武将。齋藤道三に仕えたが、長良川の戦い後、朝倉義景を頼り越前国で牢人生活を送る。現在は織田家に仕え、将軍足利義昭の信頼も篤い。

百鬼円也（なきりえんや）……円也党頭領。年齢不詳。光秀が越前坂井郡称念寺門前で牢人暮らしをしていた頃からの知己。変装の名人、薬草、医術に精通している。

【円也党一味】

一舎……遊行僧。踊念仏の名手で、敵地へ潜入、踊りで敵領を攪乱する。童顔で相手を油断させ、懐に飛び込む。

茜……比丘尼集団を率いて敵陣地に乗り込み、情報収集にあたる。経文を唱えると催眠効果を発揮し、敵から情報を盗み取る。

妙林坊……山伏。修験道の情報網を通じて得た情報を迅速に伝える。岩をも動かす怪力の持ち主。

来栖政次郎（くるす）……牢人。かつては陣借りをして各地の戦場を駆け巡った。眉目秀麗、女を手玉にとる。

序　章

夜が明けた。

朝日が牢獄に差し込む。格子が鮮やかな影を落とし、くっきりとした斑(まだら)模様を板敷に刻んでいた。蟬(せみ)の鳴き声がかまびすしい。

明智(あけち)十兵衛(じゅうべえ)光秀(みつひで)は獄中にあった。

髷(まげ)を解いて総髪に結い、墨染(すみぞ)めの衣という格好で寝入っている。

前波(まえば)吉継(よしつぐ)が格子の前に立った。越前(えちぜん)国主朝倉義景(あさくらよしかげ)に仕える、奉行衆の一人である。

「十兵衛、出よ」

前波は兵に命じ南京錠を外させた。

南京錠が外れたところで格子の隙間(すきま)を覗(のぞ)く。光秀は背中を向けたまま起きようとしない。

「起きろ！」

前波は格子を蹴った。

呻き声を上げたものの、光秀は身を横たえたままだ。

「引きずり出せ」

兵士に向かって前波は顎をしゃくった。兵士たちが牢の中に入ろうとしたところで、光秀はむっくりと半身を起こし、大きく伸びをすると、こちらを向いて、ようやく言葉を発した。

「なんだ、せっかくいい気分で寝ておったに」

一瞬の沈黙の後、

「……な、なんだ」

前波は口をあんぐりと半開きにした。

墨染めの衣を身にまとってはいるが、まったくの別人である。

「十兵衛は……」

前波は僧侶に声をかけた。

「十兵衛……誰じゃ、知らぬぞ」

僧侶は両目をかっと見開くと静かに微笑んだ。

ざんばらな髪、顎に真っ黒な髭を蓄え、細面の面構えは彫りが深く、日に焼けて浅黒く逞しい。年齢は不詳、落ち着いた様子は四十路かと思わせるが声音は若々しく、笑顔は二十代でも通用する。

　僧侶に気圧されていた前波だったが落ち着きを取り戻し、

「知らぬはずはなかろう。この牢獄に放り込んでおいた男ぞ。朝倉を裏切り織田信長の犬となっておる明智十兵衛光秀じゃぞ……おのれ、いつの間に入れ替わった！」

　前波は兵に命じて牢獄から僧侶を引きずり出した。

「おいおい、乱暴はよせ」

　牢獄から出ると僧侶は兵士の手を振り解いた。

「十兵衛を逃がしたか」

　前波は詰め寄った。

「何度も同じことを言わせるな。十兵衛だろうと五兵衛だろうと知らぬ」

「惚けおって」

　憤怒の形相となった前波は僧侶の胸倉を摑んだ。それでも僧侶は動揺することなく、

「乱暴するなとも申したはずじゃぞ」

　前波の腕を摑むと捻り上げた。前波は苦痛に顔を歪めながら、

「な、ならば、貴僧、どうしてここにおる。牢には鍵がかかっておったぞ」

僧侶は前波から手を離し、のほほんとした顔で答えた。

「御仏のお導きでな、この牢獄に参ったのだ」

「何処までもふざけた坊主め。どこから、牢獄に入った……。南京錠をどうやって開けて中に入ったのじゃ」

僧侶は首を傾げしげしげと前波を見つめ、

「貴殿、よほど頭の巡りが悪いな。御仏のお導きと答えたのがわからぬのか」

「いくら、御仏のお導きでも生身の人間じゃ。番士に見つからず煙のように格子の隙間から牢内に入ることなどできるはずがない。十兵衛をどうした」

前波は番士に怒りを向けた。

「おまえたち、怠けておったのか。寝入ってしまい、この坊主に鍵をくすねられたのではないのか」

番士二人は決して寝てなどいないと、むきになって言い立てた。

「ならば、どうして、この者が……」

前波は僧侶と番士を交互に見た。

「おい、考えておる場合ではあるまい。十兵衛とやらが逃げたのならば、早いところ、探した方がいいのではないか」

抜け抜けと僧侶は言った。

「貴様、何者だ」

改めて前波が問うた。

「遊行の者にて、円也と申す」

百鬼円也は前波を見据えた。朝日に輝くその顔は、晴れやかな笑みに包まれていた。

第一章　越前侵入

一

元亀三年（一五七二）七月二十九日、北近江は厳しい残暑にあった。

浅井長政の本拠、小谷城を攻めるため虎御前山にある織田信長の本陣では白熱した軍議が催されていた。小谷城攻めを本格化するため、信長は五町程離れた虎御前山に付け城を築くことを命じ、昼夜を問わず普請が続けられている。

吹き降ろす山風に織田木瓜の家紋が染められた幔幕が揺れ、永楽銭の旗印がはためいていた。赤とんぼが舞う長閑な山裾の昼下がりだが、陣内は張り詰めた空気が漂っている。盾机の両側に居並ぶ織田家の重臣たちは、上座に座す信長の言葉を待った。

銀色の南蛮具足に身を固めた信長は一同を見回した。切れ長の目、高い鼻、酷薄そうな薄い唇。眉間に憂鬱な影が差している。

「いかにする」

信長は甲高い声を発した。

陽光に具足が銀の輝きを放ち、諸将の目を眩しく射た。前置きをせず、単刀直入な問いかけは信長らしい。

「力攻めで小谷城を落とすのがええですわ」

待ってましたとばかりに強硬な意見を主張するのは木下藤吉郎秀吉、小者から成り上がり足軽大将を任される苦労人である。小柄な身体には不似合いな甲冑に身を包み、疲れを知らない精力溢れる面持ちで、これまた身体とは正反対の大きな声で喚きたてた。

秀吉が強硬な意見を言うのははったりではない。二年前の姉川の合戦で浅井、朝倉連合軍に勝利した後、小谷城攻撃の前線基地である横山城を立派に守っている。実績あっての言葉だ。

小谷城には浅井勢一万が籠っている。昨二十八日、越前から朝倉義景が一万五千の軍勢を率いて来援し、小谷城近くの大嶽山に陣を構えた。

黙って信長は他の諸将の意見を待つ。

宿老の柴田権六勝家が、

「拙者も猿……いや、木下に賛成です。浅井の小谷城を攻め落とせば、朝倉は近江の拠点を失います。さすれば、朝倉を越前に封じ込めることができます」

秀吉とは好対照の偉丈夫、織田家中にあってもこれほど戦場が似合う男はいない。信長の父、信秀の代から仕える譜代の臣であり、秀吉とは素性、経歴共に正反対、そのせいか軍議の場では意見が対立することがしばしばだが、今日は一致している。

目の上の瘤である勝家に賛同された秀吉は笑みを浮かべ、勝家に会釈を送った。

ところが宿老筆頭の佐久間信盛から疑問が呈せられた。

「藤吉郎や権六は、小谷城を攻めると申すが、どれだけの日数、兵の損耗で落城に追い込めると算段しておるか」

小谷城は難攻不落の要害、力攻めをすれば相当の犠牲を強いられる。

柴田は口をへの字にし、秀吉を見る。秀吉が答えようとしたのを佐久間は制し、

「小谷城に籠るは浅井勢一万に加え、大嶽山に陣取る朝倉勢は一万五千、対して我らは三万」

織田家は六万を動員できるが、敵は浅井、朝倉ばかりではない。都周辺、畿内各地、本領の美濃、尾張に兵を割かねばならない。伊勢長島の一向宗徒が本拠岐阜を窺い、

摂津若江城の三好義継、大和信貴山城の松永弾正久秀が兵を挙げ、南近江では四年前に追い払った六角承禎が残党を率いて暴れているのだ。小谷城攻めには銭で傭兵をかき集め三万の軍勢を用意するのが手一杯である。

「城攻めには四倍の兵力を要するものぞ」

　信盛の反論に秀吉が言う。

「闇雲に力攻めをするのではありませんわ。でも、攻める前に調略を施します。浅井を孤立させるんですわ」

「木下、口達者はよいが、浅井を孤立させるとはどういうことじゃ」

　目をむき信盛は言い立てた。

「朝倉を味方につけるんですわ」

　秀吉はさらりと言ってのけた。

「なんじゃと……」

「一緒に浅井を攻めるのですわ。大嶽山に陣取る朝倉が織田と一緒に小谷城を攻めれば、いくら難攻不落の小谷城でも、ひとたまりもありませんわ」

　得意げに語る秀吉に、

「ふん、朝倉が誘いになんぞ乗るものか」

信盛は冷笑を放った。

「利があれば乗りますわ。朝倉に浅井の領国を半分やると約束したら、乗ってくるんと違いますか」

動ぜず秀吉は返した。

「浅井領の半分か、大盤振る舞いじゃのう」

皮肉たっぷりに信盛は言った。秀吉はめげずに持論を展開する。

「まずは浅井を片付け、近江をがっちりと手にすべきです。ほんで、その後に朝倉を討てばええのですわ」

「そう、うまくゆくかのう。朝倉がこちらに寝返るものかのう」

信盛は懐疑的だ。

「二年前の姉川の合戦以来、朝倉は浅井の手伝い戦に損耗しておりますわ。朝倉にすれば、浅井に加勢して織田と合戦に及んだところで、得るものはにゃあですぞ」

秀吉は譲らない。

信盛は苦い顔をし、

「そうは言っても、朝倉とて浅井が滅べば次は越前だと危機を抱いておるからこそ、浅井に加勢しておるのじゃ。浅井とは一心同体のつもりなのではないか。朝倉と浅井は先代からの盟約を結んでおるでな。絆は強いとわしは見る」

それまで黙っていた丹羽長秀が、

「朝倉が寝返るかどうかはわかりませぬ。ですが、離反させる値打ちはあります。矢合わせを交えながらも寝返りを誘うのは戦の常道、木下殿のこと、既に調略の手を伸ばしておられるのではないか」

「何人かの重臣どもを誘っておりますが……」

答えてから秀吉は今のところ良い返事はないと言い添えた。丹羽が入ったことで信盛と秀吉の間に流れた剣呑な空気が薄まった。

評判好きの京雀たちが織田の重臣たちを評した言葉がある。

「木綿藤吉に米五郎左、かかれ柴田に退き佐久間」

藤吉こと木下藤吉郎秀吉は大身ではないが木綿のように役に立つ、五郎左こと丹羽五郎左衛門長秀は米のようになくてはならない男、合戦に際しては柴田勝家が先陣を切り、退却には佐久間信盛が采配を振るう、というものだ。

小谷城攻めを巡って織田家を代表する四人がそれぞれの意見でぶつかっている。

しばしの沈黙の後、信長が、

「朝倉は寝返ると思うか」

一同に視線を向け、やがて明智光秀で視線を止めた。無言で意見を求めている。

光秀が静かに答えた。

「朝倉は寝返りませぬ」

光秀の言葉を受け信長は秀吉を見た。

「明智殿、何を根拠に否定しなさる」

反対意見を言われ気分を害しているであろうが、秀吉は笑みを浮かべ問い直した。

が、光秀が答える前に続ける。

「朝倉は利のない戦を浅井への義理立てで続けて疲弊しとるんですわ。浅井領を半分、ものにできるのでしたら、それに越したことはにゃあと思いますがね」

十分な説得と思っている秀吉に対し、

「朝倉は領土の拡大を必ずしも望んでおりませぬ。朝倉にとりまして、最も大事なことは越前を守ることとです。越前がおびやかされる恐れから、浅井に援軍をしておるだけ。浅井を攻めるとなると、相当な損耗を強いられます。それを朝倉はよしとしません。それに、朝倉家は名門意識が強うございます」

光秀の考えに信長のこめかみがぴくりと動いた。

「織田家を下に見ておるということじゃな。織田の為になんぞ戦はせぬ、と思っておるのであろう、朝倉義景の奴」

「ほんなら、どうするね。このまま、手をこまねえておっては、朝倉と浅井は対陣するばっかりで、いくら、決戦を呼びかけても、山を下りようとはせんのですぞ」

秀吉は不満顔である。

勝家が言った。

「そうじゃ。朝倉の兵どもは長陣となれば、浅井への手伝い戦に士気が下がるであろう。寝返らぬとあれば、朝倉に狙(ねら)いを定めて攻め立てれば、朝倉勢は浅井への不満を募らせる。当方に寝返ろうとする者どもも現れるであろう」

対して信盛は、

「それでは、こちらの兵の損耗もはなはだしい」

と、異を唱え、結論が出ないまま苛々(いらいら)とした空気が漂った。

それを破るように、

「朝倉を越前に引かせればよいのではございませぬか」

冷静な声で光秀は意見を述べ立てた。

「それができれば苦労はない」

勝家が吐き捨てた。

信盛は薄笑いを浮かべた。

「わたしにお任せください」

光秀は信長に向いた。

「光秀、朝倉を越前に帰す策があるのか」

「御意にございます」

すかさず秀吉が、

「明智殿は朝倉家にお仕えなさっておられたゆえ、その時の知己(ちき)を頼られるのですか」

「いいえ、わたしは朝倉家では新参の余所者(よそもの)……特別に知遇を得ておった者はおりませぬ」

それは織田家でも同様だと光秀自身も織田家の者たちもわかっている。

しかし、光秀は気にする素振りも見せず話を続けた。

「柴田殿が申されるように利を与えなければ朝倉は動きません。利とは金目になるもの。首尾よく小谷城が落ちればよいのですが、落ちなければ朝倉が得るものはない。銭金を使い、兵を損耗し、その上、浅井という隣国に敵を抱えることになります。朝倉義景、そんな危険な賭(か)けには乗りませぬ」

秀吉は反論しようとしたが、その不利を悟り、しぶしぶ言った。

「わかりました。明智殿のお手並みを拝見したいと存じます」

信長が問いかけた。

「光秀、いかにする」

みなの視線が光秀に集まる。

「わたしは殿より、坂本を任されております。坂本を拝領したお役目は比叡山延暦寺の所領を没収することでございます。また、朝倉家が莫大な運上金を得ておりますのは三国湊と敦賀湊のお陰でございます。その三国湊の商人どもは、延暦寺の金主であるのです」

光秀の言葉に秀吉はうなずき、

「延暦寺の坊主どもの中には民や武士相手に金貸しをやっておった者もおったのですな。なるほど、そうした坊主どもの金主が三国湊の商人どもであったのですか。昨年の焼き討ちで坊主は悉く殺されましたで、三国湊の金主は貸した金が元に戻らず、大損害ですわな。おのずと朝倉に入る運上金も大幅に減っとりますわな」

秀吉の言葉に一同はうなずく。

「没収しました延暦寺の所領の一部を手土産とし、朝倉に兵を引かせます」

光秀は言った。

「うむ、よかろう」

信長は了承した。

「ならば、早速大嶽山の朝倉の陣にまいります」

光秀の申し出に、

「光秀、いつまでに戻る」

信長の問いかけに、

「明日の昼までには戻ります。必ずや朝倉義景撤兵の吉報を持ち帰ります」

日頃慎重な光秀にしては珍しく自信を示した。そんな光秀の気負いを、

「よかろう」

淡々と信長は受け入れた。いたって冷静な信長に、光秀は大音声を発した。

「不肖、明智十兵衛光秀、織田信長さまを天下人に押し上げたいと存じます」

唐突な光秀の大言壮語に重臣一同口をあんぐりとさせた。陽気な秀吉さえも唖然としていたが、

「こりゃ、ええですわ。殿さまが天下人。明智殿、ええことをおっしゃりましたな」

それでも信長は無表情で黙っている。そんな信長に一礼し、

「失礼致す」

光秀は陣を出た。すぐに秀吉が追いかけてきた。

「明智殿、ご武運を祈っておりますわ」

秀吉に励まされ、

「畏れ入ります」

慇懃に光秀は返した。

「何人でいかれますか」

「ごく、少人数で参ります」

「身の危険を顧みずということですわな」

「木下殿も命がけの仕事を重ねてこられたではありませぬか」

「わしは夢中ですわ。百姓出のわしをここまで引き立ててくださる大将なんぞ、織田信長さま以外、日本中何処にもおりませんのでな」

秀吉は顔中をくしゃくしゃにした。

「まさしく。わたしも朝倉家におったのでは、いつまでも余所者で、重臣の列に加えられることなど夢のまた夢でしたな」

「ならば、明智殿、くれぐれもお命を大事になされ。世の中、命あってのものだねですんでな」

「わたしもそのこと肝に銘じております」

光秀は表情を引き締めた。

「そうそう、明智殿は殿さまを天下人に押し上げなさるんですわな。わしも、織田信長さまこそが天下人と成られるにふさわしいお方と思っとりますぞ」

じゃあと秀吉は去っていった。

大嶽山は朝倉の無数の旗指物が翻っている。その旗を光秀は燃えるような目で睨み上げた。

二

自陣に戻ると光秀は一人の僧侶を呼び、密談に及んだ。

この男、百鬼円也。光秀が越前国坂井郡で牢人暮らしをしていた頃からの昵懇の間柄である。光秀は齋藤道三が息子の義龍に討たれた際に牢人し越前に流れ、坂井郡長崎村にある時宗の寺院、称念寺門前で寺子屋を開き糊口を凌いでいた。円也は遊行僧で称念寺を度々訪れており、いつしか光秀と親しくなった。

全国を遊行する円也は各地の大名について様々な情報を提供してくれた。親交が深まるにつれ、円也は光秀と同じ美濃の出だとわかった。しかも光秀の叔父（おじ）が領主であった明智荘に生まれたのだった。だが幼い頃には明智荘を出て遊行僧となった。縁を感じた円也は光秀のため、遊行にかこつけ諜報（ちょうほう）活動をしてくれるようになった。円也には優秀な配下がいる。光秀は彼らを円也党と呼び、頼りとしていた。

「円也、大嶽山の朝倉本陣にゆき、越前への撤兵を企ててくれ」

光秀の頼みに躊躇（ためら）いもせず、

「ほお、それは面白いのう。承知した。配下の者を連れてゆく」

円也は力強く請け負った。

その日の夕刻、光秀は円也党の二人だけを連れて大嶽山の朝倉義景本陣にやって来た。

髻を切って総髪とし、網代笠（あじろがさ）を被っている。墨染めの衣を身に着け首から頭陀袋（ずだぶくろ）を提げ、金剛杖をつき、遊行僧を装っていた。顔はつけ髭（ひげ）で覆っている。

「前波殿、しばらくでござります」

光秀は慇懃に頭を下げた。

篝火に照らされた前波は目がぎょろりとし、狡猾そうに蠢いている。

「十兵衛」

蔑むように光秀に呼びかけ、二人の従者にうろんなものを見るような目を向けた。

遊行僧の一舎と修験者の妙林坊ですと光秀は紹介した。一舎は歳若く、丸めた頭が艶々と輝き、どんぐり眼が少年の面影を残している。人懐っこい笑顔で一舎は前波に挨拶をした。

対して妙林坊は岩のような大男だ。頭に兜巾を施し、白い麻の鈴懸を身に着け、笈を背負って首から法螺貝を提げるといった修験者の格好だ。妙林坊はいかめしい面構えでむすっと押し黙ったまま前波に一礼した。

「両名ともに、坂井郡長崎村の称念寺に出入りしており、越前にも詳しい者ですぞ」

光秀は言い添えたが前波は警戒心を解かずに、三人を本陣に設けられた陣屋へと導いた。一舎と妙林坊は外で待たされた。

「十兵衛、織田家に奔って立身しておるらしいのう。四年前に当家を去り、高禄を食んで贅沢が板についておるのではないか。面構えが変わったようじゃ。蒼白い陰気な面持ちであったに、精気がみなぎっておるわ」

皮肉まじりに前波は言った。

「前波殿もすっかり御屋形さまの信頼厚き重臣の風格を備えておられますな」

「口達者なそなたであったが、世辞もうまくなるとはのう」

前波はとことん光秀を嫌っているようだ。光秀はそれには乗らず、

「ところで、本日参りましたのは、朝倉勢に国許に引き上げて頂きたいのです」

単刀直入に本題に入った。

「はあ……十兵衛、そなたよくも、抜け抜けとそんなことが申せたのう。ふざけておるのかそれとも常軌を逸したのか、それは織田殿のお考えなのか」

蔑みの笑みを浮かべ前波は問い詰めてきた。

「わたしは真面目ですし、正気でもあります。念のため申し添えますが、信長公の意向を受けてのお願いであります」

光秀は言った。

「断る。朝倉が撤退することなどない。そんな申し出をしてくるとは、織田は弱気になっておる証であるな。それを聞けば益々撤退などはあり得ぬぞ」

前波は強気に出た。

「浅井の手伝い戦を続けて、何の利がありましょうか」

動ぜずに光秀は問いかけた。

「浅井は先代からの盟約を結んでおる御家。その絆の強さゆえ、裏切るが如き越前へ
の軍勢撤退などは考えられぬ。浅井も出来星の織田などより朝倉を選んだのだ。損得
の戦にあらず。これは義を貫く戦ぞ！」

語る内に気分が高揚したのか前波の頰が紅潮した。対照的に光秀は冷めた面持ちで、

「ご立派なお考え、いかにも名門朝倉家、百年の名家でありますな」

「ふん、今頃、わかったか」

前波は冷笑を放った。

「しかしながら、戦国の世にありましては、義のみの戦はするものではござりませぬ。
利がなくては、御家が滅びますぞ。失礼ながら朝倉家の台所事情、苦しくなっておる
と聞き及びますぞ」

「知ったかぶりをほざきおって、何を根拠にそのような戯言を申すか」

前波の目が吊り上がる。

「三国湊から上がる運上金、かなり減っておりましょう」

「な、何じゃと」

前波の声が上ずった。

「一乗谷の繁栄は三国湊に負うところが大でござります」

「三国湊は健在じゃ。織田の手にも落ちておらぬし、今後も指一本触れさせぬぞ。信長は三国湊の船道前が欲しいのだろうがな」

船道前とは湊に出入りする船への課税だ。

「比叡山延暦寺の焼き討ちにより、延暦寺の僧侶に貸した金を三国湊の商人衆は、回収できずに困っておるとか」

「ふん、らちもない。そんなことで、揺らぐ朝倉家ではない」

「しかしながら、困った問題が生じておるようですぞ」

光秀は一通の書状を見せた。宛名が織田弾正大弼殿となっている。前波はそれを見て顔をしかめた。

「信長公への直訴状です」

大和興福寺から信長への直訴状であった。朝倉に奪われた越前国内、坂井郡にある興福寺の所領を回復する願い出であった。

「大変に嘆いておられます。わたしにも度々、書状がまいります。前波殿もご存じの通り、わたしは称念寺の門前で牢人暮らしをしておりました。あの辺りは興福寺の所領です。みなさま、それは平穏に暮らしておりました。朝倉家に守って頂き、実りは興福寺へ間違いなく納められておったのです。それが……」

光秀が責めるような目を向ける。

「今は危急を要する時ゆえ、興福寺の所領より、多少の年貢を拝借しておるだけ。織田との合戦に勝利した後、利子をつけてお返しする所存じゃ」

苦しい言い訳とも取れることを前波は言った。

「三国湊ばかりではございませぬな。越前国中、義景さまならびに朝倉の軍勢が不在のため、野伏(のぶ)せり、野盗どもがはびこっておるとか。さすがに一乗谷(いちじょうだに)は留守を預かる齋藤兵部(ひょうぶ)殿の軍勢が守っておるゆえ、大事はないようだが、少し離れた前波村……前波殿の所領などは、治安が乱れておると耳に致しますぞ」

静かに光秀は語る。

前波は口を閉ざし、光秀を睨み返している。

「前波殿、随分と無理をしておられるのでござろう。領民どもへの年貢や徴兵を強めておられるとか……」

「あ、いや、多少の無理は当然じゃ。戦とはそういうもの。織田が大軍で押し寄せて来たからには、朝倉も対抗できる軍勢を催して然るべき。前波家は朝倉家中の奉行衆を務める家ぞ。御家の大事に多少の痛みを伴って忠義を示すこと、領民どももわかっておるわ」

肩を怒らせ言い立てる前波に、

「前波殿の忠義心、野伏せりどもにも伝わっておるようですな。我が物顔で領内を荒らしておるとか」

「多少の治安が乱れようと、織田を打ち負かした後、越前に戻れば、野伏せり風情など、あっと言う間に討ち平らげてくれる」

「それまで、領民に我慢をさせるのですな……。それにしても、齋藤殿も冷たい。前波殿の所領は一乗谷からほど近い。それなのに、守ってくれぬとは」

光秀は首を左右に振った。

「一乗谷を守るのが第一なのじゃ」

前波は腹から言葉を絞り出した。

前波の所領前波村が野伏せりや野盗の群れに荒らされているのは事実だ。村を守るべき兵たちが戦場に狩り出されて治安が疎かになっているのだ。前波の領内に限ったことではないが、前波の領の治安がとみに悪化している。朝倉の本拠、一乗谷から近いにもかかわらず、一乗谷の守備兵が回されるということもない。

何かありそうである。

齋藤兵部少輔は朝倉義景が寵愛する側室、小少将の父親である。一乗谷には小少将が残っているため、義景は齋藤に厳重なる守備を任せていた。

「前波殿、腹を割りましょうぞ」

光秀は半身を乗り出した。

前波の目が凝らされた。前波特有の算段を胸にかかえたような卑しげな薄笑いが浮かんでいる。

光秀は続けた。

「周知のように、信長公は四方に敵を抱えておられます。このまま長陣を続けるのはいいことではござらん」

「兵糧が尽きておるのか」

前波は探るような上目遣いとなった。

「小谷から岐阜への道筋はしっかりと織田の傘下に入っておりますゆえ、兵糧の補給に不自由はござらぬ。ですが、このまま陣が長引くのは天下の執権として将軍家、禁裏へのご奉公に差し障りが生じかねぬと、信長公は憂慮なさっておられる。天下静謐こそがご自分に課せられた役目だと自覚しておられるのです。ですから、朝倉殿にあられても、天下のためにご英断をくだされたく、お願いに参りました」

慇懃に光秀は頭を下げた。

「織田が天下静謐のためじゃと……よくも抜けぬけと申せたものよ。織田は義昭公を横取りして上洛し、傀儡のように操り、天下を私しておるではないか！」

前波は怒りに身体を震わせた。

光秀は静かな面持ちで、

「義昭公は一年半に亘って越前にご逗留なさりました。その間、再三の上洛要請を義景公はお聞きいれになられませんでした。一向に上洛をせぬ義景公に不満を抱かれ、義昭公は信長公を頼られたのです。信長公が朝倉家から義昭公を奪い取ったわけではござらぬ……、いずれにしましても、陣が長引けば義景公の評判も落ちるのですぞ。義昭公に見限られた挙句、兵を挙げて義昭公に不忠を働いておると」

「そんな悪評を流しておるのは織田であろう。十兵衛、そなたは信長に上手を言って都の奉行を任されておるそうではないか。朝倉の悪口雑言を禁裏や幕府、民にばら撒いておるのではないか。この恩知らずめ！」

摑みかからんばかりの前波を宥めるように光秀は口元に笑みを含み、

「お怒りめさるな。京雀はかまびすしい。わたしなんぞが口に蓋するなどできませぬ。それよりは、義景公の汚名を返上すべく和議に応じてくだされ。二年前に義昭公の調停で和議を結んだ例もござります。あの時は戦火が都に及びかねぬ状況であったのを、義景公が幕府と禁裏の意を汲んで和議に応じ、越前に兵を引かれた。まさしく、ご英断でございました。今回も越前に兵を引かれるのは天下のため……有り体に申せば、朝倉、織田双方にとりまして得ではございませんか。義景公は天下に静謐をもたらしたと評判を高め、信長公は都で幕府と禁裏に忠勤を励むことができるのです」

立板に水の滑らかさで語った。

「相変わらず口達者じゃな。屁理屈を並べ、朝倉を籠絡しようとしてもその手には乗らんぞ」

前波は警戒を緩めないどころか、かえって不信感を募らせた。

では、と光秀は言葉を繋ぎ、

「口先だけではない証としまして、失礼ながら、わが所領をお譲りする」

「所領だと……貴様のか」

小鼻を鳴らし前波は問いかけた。

「いかにも」

思わせぶりに光秀は笑みを返す。

「そなたの所領と申せば近江よな」

「わたしは信長公より近江志賀郡を所領として与えられております」

「存じておるわ。信長が比叡山延暦寺を焼き討ちした際、そなたはひときわ大きな働きをしたそうじゃな。大勢の僧兵、武器を持たぬ男女を殺めたのであろう。鬼畜の如き所業の恩賞というわけじゃ。第六天魔王の尖兵となった明智十兵衛よ」

意地悪く前波は言った。

「いかにも、わたしは僧兵ばかりか男、女、子供までも焼き尽くし、殺した。しかし、そのお陰で一城の主となった。それゆえ、申す」

光秀は言葉遣いを改めた。

鬼畜の所業を堂々と認めた光秀にたじろぎながらも、前波は虚勢を張るように胸を反らした。

「近江坂本城主となったわたしの役目は延暦寺の所領を悉く摘発することである。わたしは、信長公の意を受けて、懸命に所領の摘発を行っておる」

「それも耳にしておる。明智十兵衛の悪辣な手口をな。延暦寺とは関係のない所領までも延暦寺領だと偽って奪っておるそうではないか」

「その所領のいくつかを義景公の御側室、小少将さまの化粧領として献上致す。ざっと、千貫だ」

平然と光秀は言った。

小少将は二年前男児愛王丸(あいおうまる)を産んだ。以来、義景は小少将と愛王丸を目に入れても痛くない程溺愛(できあい)している。

「小少将……諏訪(すわ)殿の化粧領か……千貫とは太っ腹じゃな。確かそなたが朝倉家で食んでおったのは五百貫。大した身分になったと誇りたいのか」

義景の寵愛をいいことにした小少将の我儘(わがまま)勝手な振る舞いを光秀は耳にしていた。一乗谷の朝倉屋形とは別に住まいを建てさせた。優雅な庭園が評判の小少将の住まいは諏訪屋形と呼ばれている。このため、小少将は朝倉家中から諏訪殿と尊称されていた。

前波の皮肉は聞き流し、

「この条件で義景公に撤兵を進言してくだされ」

光秀は軽く頭を下げた。

前波は思案するように口を閉ざしてから、

「御屋形さまに上申致す」

と、床几から立ち上がった。

小少将への義景の溺愛ぶりは国を傾けるという噂まで流布(るふ)されている。

そんな愛妾の化粧領となれば、義景とて心が動くはずだ。義景は浅井の手伝い戦のために長陣を強いられる日々が続けば、国許に戻りたくなるはずだ。最愛の小少将と跡継ぎ愛王丸を抱きたいと切望しているだろう。

小少将は留守をしていた義景に大きな土産をねだるだろう。出陣しながら何の土産もなく戻ったのでは、小少将の不満を募らせる。越前国主としての威勢を義景は示したいに違いない。

光秀は勝算ありと踏み、前波を揺さぶったのだ。

その頃、前波の陣を比丘尼(びくに)たちが訪ねていた。

織田勢との合戦に飽き、兵たちは酒盛りと博打(ばくち)に興じている。望まない戦に徴兵される雑兵たちの士気を高めるため、大名たちは戦場では米の飯を食べさせ、酒も振る舞った。加えて乱取りという略奪である。敵地の民家、商家に押し入り、金品を奪い、女を犯す。犯した女は遊女屋に売り、男も奴隷(どれい)として拉致(らち)する。要するに腹が満ちる上に好き放題できる楽しみで戦に加わるのだ。

ところが、今回の戦は浅井の助勢、陣取るのは浅井領とあって、乱取りは許されず、兵たちの楽しみは酒と博打(ばくち)しかない。それでは、陣が長引けば鬱憤(うっぷん)が溜まる。そこで、女である。

熊野権現の御札を持ち、討ち死にを遂げた将兵を弔う名目で比丘尼たちは戦場にやって来る。比丘尼は討ち死にした将兵の霊を慰めるだけではなく、将兵たちの性欲も慰めた。

比丘尼たちを束ねているのは円也党の茜であった。尼僧姿が妙に色香を漂わせる瓜実顔の美人である。

茜は光秀から前波の陣に行くよう言われた。

前波が義景から疎んじられているらしい真偽を確かめよということだ。比丘尼たちは兵たちと春をひさぎ始めた。

軍議の最中だというのに前波は陣屋にいた。一人酒を飲んでいる。

茜を見ると蝿でも追い払うように右手を動かした。それを無視し茜は前波に近づく。

前波が文句を言う前に瓶子を持ち上げた。

「どうぞ」

鼻にかかった声を発し、茜は艶然と微笑みかける。むっとしていた前波だったが、軽く息を吐いてから杯を差し出した。茜が注いだ酒に少しだけ口をつけただけで板敷きに杯を置いた。

「あらあら、何か嫌なことでもありましたか」

茜が問いかけると前波は渋面を作った。

「ここにいらしていいのですか」

義景の本陣で軍議が開かれている。前波の眉間に皺が刻まれた。どうやら、蚊帳の外に置かれているようだ。やはり、前波が義景から疎まれているのは本当だ。

「黙れ」

前波は鼻を鳴らした。茜は包み込むような笑顔を浮かべると瓶子を両手で持ち、前波に向けた。前波は顔を歪めていたが茜の顔を見ると表情を和らげ、杯を差し出した。

茜の酌で前波は酒を飲む内、頬を火照らせた。茜は経を唱え始めた。鶯の鳴き声のような心地よい声音である。音曲もないのに聞きほれるような名調子は読経というより歌っているようだ。

いつしか前波はうっとりとなった。

茜の声音は艶めき、目元がほんのりと赤らむ。ぷっくりとした唇が女陰の如く蠢いた。前波は食い入るように茜の口を見つめた。

甘い吐息が前波の鼻腔を刺激し、頭がくらくらとしいつしか夢見心地となる。茜が観音に見えてきた。

「前波さま」

茜の呼びかけに前波はだらしない顔でうなずく。

「朝倉の御屋形さまから疎んじられておられるのですか」

「そうなのじゃ」

無意識に言葉が発せられる。

すっかり警戒心が消え去り、苦しい胸の内を聞いてもらいたいとさえ思えてきた。

茜の秘術、「読経観音開き」である。経を聞かせる内に催眠をかけ、相手の心を観音扉のように開き、必要な情報を聞き出す術だ。

「あなたさまのようなご立派なお方がどうして疎んじられたのですか」

読経の調子で茜は問いを重ねた。

「鷹狩りでじゃ」

前波は語り始めた。

昨年の二月に行われた鷹狩りに前波は遅参してしまった。前波は焦る余り、義景の前を馬に乗ったまま通過した。

「馬を降りなかったと、御屋形さまから叱責されたのだ」

その時の情景が思い出されたようで前波は唇を嚙み締めた。

「まあ、それは、お気の毒に……前波さまは決して御屋形さまを軽んじるお気持ちなどなかったのでござりましょう」

「むろんじゃ。それを……御屋形さまはわしを家臣や鷹匠、小者の前で面罵されたばかりか足蹴にされ、嘲笑された」

　前波は歯嚙みした。

「御屋形さまはよほど遅参が腹立たしかったのですね」

　茜の言葉を受け、

「遅参したことだけではない。それ以前より、御屋形さまはわしを嫌われていた」

「お気のせいではないですか」

「いいや、気のせいなんぞではない。嫌われるようになったわけは愛王丸さまじゃ。諏訪殿がな……」

　義景の愛妾諏訪殿が産んだ愛王丸は前波を見ると、突如として泣き出すのだそうだ。火がついたように泣き叫ぶ愛王丸に、諏訪殿は前波の陰気な面つきを憎悪するようになった。愛妾と嫡男が嫌う男ということで、義景は前波を遠ざけるようになったのだ。

「たしかに、わしは男前ではない。陰気な顔とも言われておる。じゃがな、わしは懸命に朝倉家のため、御屋形さまのために尽くしてきたのじゃ。それが……」

前波の目がうつろになったままそこに獣のような色が宿った。

前波は杯を置き、茜の両肩を摑んだ。

「御屋形さまと重臣方が軍議を開いておられるのですよ」

茜はやんわりと前波の手を離した。前波の目が尖り、

「かまわん。軍議に加えてくださらぬのじゃ」

自暴自棄となった前波は茜への欲望をたぎらせた。

慌てず茜は両手を合わせ、強い口調で読経を唱えた。前波の目元がきりりとなり、表情が引き締まった。「読経観音開き」が解けた。

前波は居住まいを正し、何事もなかったように茜を見返す。憑き物が落ちたように平生となって杯に手を伸ばした。

そこへ伝令がやって来た。すぐに本陣に来いということだった。

「さて、十兵衛の申し出、どうなるか」

一人ごとを呟きながら前波は本陣へと向かった。

三

半時も待たされただろうか。義景のことだ。決断できずに重臣たちに諮（はか）ったに違いない。それでもやっと、

「十兵衛殿、お待たせ致した。御屋形さまがお目にかかるぞ」

前波の表情は綻（ほころ）び、言葉遣いも丁寧（ていねい）になっている。期待を十分に抱かせた。

光秀は陣小屋を出た。

一舎と妙林坊の姿を探し求めたが闇に消えている。比丘尼たちの集団が前を通り過ぎ、茜も確認できた。目が合うと周囲にわからないように光秀はうなずく。

前波に促され、光秀は朝倉義景が待つ本陣へと向かった。

本陣には盾机の正面に床几を据え、座した義景がいた。机の両脇に重臣たちが居並んでいる。一番の上座は越前の大野郡の郡司を務める朝倉家の一族、景鏡（かげあきら）であったが、譜代筆頭を鼻にかけ、光秀を見下して声すらかけてくれなかった。

光秀は義景に挨拶をした。

「しばらくでございます。明智十兵衛めにございます。御屋形さまにおかれましては、

ご壮健なご様子、何よりと存じます」

義景は言葉をかけない。代わって景鏡が、

「御屋形さま、四年前まで当家に仕えておりました明智十兵衛でござる」

と、声をかけると、

「そうであったか」

義景は記憶の糸を辿ろうと視線を揺らした。思い出せないようだ。本当に光秀を忘れたのか忘れたふりをしているのか、いずれにしても光秀など眼中にないと示している。

「ほれ、義昭公のお世話をし、世辞、追従を使って、取り入り、義昭公を道具にして信長にこびを売って自分を高く買わせた、要領で世渡りをしておる者でござる」

景鏡は辛辣な言葉を添え光秀を紹介した。

すると、義景は何度かうなずき、

「おお、明智か。確か美濃から流れて来た牢人者であったな」

「ところが、今は信長に取り立てられ、近江坂本の城主だそうですぞ。比叡山を焼き討ちにし、大勢の男女を殺して、まんまと城主になった男でございます」

景鏡は追い討ちをかけた。

動ぜず光秀は正面を見据える。義鏡は前波に、

「明智の申し出を語ってみよ」

横柄な物言いで命じた。

前波が、

「十兵衛が横領した延暦寺の所領千貫を諏訪殿の化粧領にと申しております」

と、言上（ごんじょう）した。

「横領した所領を諏訪殿の化粧領にせよとはのう」

景鏡はしかめ面をした。

義景が、

「いらぬぞ」

と、右手をひらひらと手を振った。

光秀は目をむく。

前波が、

「十兵衛、御屋形さまは不愉快に思っておられる」

「では、越前への撤退は」

光秀は義景を見た。

義景はそっぽを向いた。

「撤退などするはずはない。我ら朝倉はな、信長のように表裏の者ではない。盟約を交わした相手を裏切ることなどないのだ。利に奔る者の甘言には乗らぬぞ、たわけが！」

景鏡が怒声を放った。

前波は景鏡に向き、

「いかにしましょう」

「首を刎ねよ」

躊躇いもなく景鏡は命じた。

鑓を手にした雑兵たちが甲冑を鳴らしながら殺到し、光秀の両手を摑み、乱暴に立たせる。

「早く、刎ねよ」

命じておいて義景は立ち去ろうとした。

それを景鏡が引き止め、

「今すぐよりも、明日の朝を待ち、この者を磔刑に処したいと思います。裏切り者の末路、表裏に走る織田のあさましさをわが軍勢に見せつけてやるのです」

「ほう、それは面白いな」

義景も関心を示した。

「明日の朝に刎ねる。浅井にも使いを出せ。浅井の者にも見せ、全軍を鼓舞するぞ」

景鏡は高らかに告げた。

光秀は本陣から離れた曲輪(くるわ)の一角に設けられた牢小屋に連れて来られた。板葺(いたぶ)き屋根の小屋に格子が嵌(は)め込まれ、出入り口には南京錠が掛けられている。小屋の前には数人の兵が番をしていた。

牢小屋は無人だ。兵士が光秀の法衣(ほうえ)を検(あらた)めた。光秀が身に寸鉄も帯びていないと確かめると、牢の中へ入るよう横柄な口調で命じた。

逆らわず光秀は牢に入り、板敷きにあぐらをかいた。兵士が南京錠に鍵を掛けた。夜空を彩る星が嫌味なくらいに美しい。

程なくして前波がやって来た。

篝火(かがりび)に揺らめく前波の顔には蔑みの笑みが広がっている。前波は兵を遠ざけ光秀を睨んだ。

「十兵衛、あてが外れたのう」

「何故だ。千貫では不足か」

暗がりの中から光秀は疑問をぶつけた。

「朝倉は浅井への信義を曲げはしないのだ。利で釣ることができると考えるとは、いかにも表裏の者、明智十兵衛らしいな」

前波は笑みを引っ込めた。

「ならば、何故、わたしの提案を受け入れた」

「受け入れてはおらぬ。貴様の申し出を御屋形さまや重臣方に取り次いだだけじゃ」

「わたしが申し出てから一時余りが経っての返事であった。申し出を受け入れ、越前に兵を引くかどうか軍議をしておったのであろう。軍議の間、御屋形さまは迷っておられたのではないか。迷ったということは、御屋形さまには受け入れるお気持ちもあったはず。浅井への義を貫くとは笑止だな」

光秀は淡々と語った。

「それを下衆の勘繰りと申す。御屋形さまも重臣方も貴様の申し出など歯牙にもかけなんだぞ」

「ならば、何故一時も要したのだ。大方、申し出を受け、早く一乗谷に帰りたがる御屋形さまを重臣方が諫めておったのであろう」

「勘繰りを重ねるな。軍議の場は様々な事柄を討議するものぞ」

「もっともらしいのう。ならば、何を討議した。陣から打って出るか否か、などを話し合ったのか。そうではあるまい。兵どもに出陣前の緊張がないものな」

「軍議の中味を話せるわけがなかろう」

前波の語調が曇り、視線がそれた。

「おお、そうか……前波殿、おそらく軍議の席に加えてもらえなかったのであろう」

「何を申すか」

前波の声が上ずった。

光秀は二度、三度うなずき、

「前波殿、疎まれたままでは遠からず朝倉家での居場所はなくなるぞ」

「余計なお世話だ」

「余計なお世話を承知で申しておる。朝倉家におってもよいことはない」

「黙れ、こたびの戦で手柄を立て、御屋形さまのご信頼を取り戻す」

前波が声を大に言い立てると光秀は哄笑（こうしょう）を放った。ひとしきり笑ってから、

「語るに落ちたな。やはり、疎んじられておるではないか」

前波は渋面となった。

「手柄を立てても、領内が野伏せりどもに荒らされたのでは、元も子もないではないか。悪いことは申さぬ。朝倉を見限れ。いくら手柄を立てたところで、御屋形さまや重臣方は一旦疎んじた者を取り立てたりはしないぞ」

「………」

うつむき前波は口を閉ざした。

「わたしが信長公へ取り成す。信長公ならば高禄を以って召し抱えてくださる」

光秀は格子の側まで進んだ。両手を格子にかけ、

「どうだ」

と、誘いをかける。

前波は顔を上げた。

「なるほど信長公は身分、門閥に関係なく取り立ててくださると評判だな」

「わたしが何よりの証だ。さあ、鍵を開けてくれ」

光秀は訴えた。

前波は夜空を見上げた。しばし思案の後表情を引き締め、

「織田に寝返る……そんなことが出来るか。十兵衛、口車には乗せられんぞ」

と、吐き捨てた。

「口先だけではない」

光秀の言葉に前波は首を左右に振り、

「夜明けまでの命じゃ。最後の星空を楽しむもよし、ここから出られた夢を見るもよしじゃ」

前波は嘲笑を放つと牢小屋から立ち去った。

その背中を見ながら光秀は満面に笑みをたたえ、ごろんと横になった。

四

光秀に成りすました円也を横目に、前波は番士に命じた。

「明智に逃げられた。はよ、探せ！」

兵士たちが走り去ると、

「ならば、わしはこれで失礼するぞ。一夜の宿を借りたことは礼を申す」

円也は衣の袖を捲(まく)りぽりぽりと掻(か)いた。

「参ったな。蚊(か)に刺されたぞ」

惚けた顔で言うと空を見上げた。

抜けるような青空に鱗雲が白く光っている。蟬の鳴き声が山を覆っていた。文句を並べながら去り行く円也を、

「待て」

前波が引き止めた。

「まだ、用があるのか」

円也はあくびを漏らした。

「怪しい坊主め。このまま帰れると思うか」

前波は円也の耳元で怒鳴った。

顔をしかめた円也は耳を指でほじりながら、

「拙僧はな、戦場というものは嫌いだ」

余裕の笑みを向ける。

「うるさい」

顔を真っ赤に前波が怒声を浴びせたところで、不意に円也は前波の顔面を殴りつけた。虚をつかれ、前波が大きくよろめいた。

「これ以上、阿呆には付き合っておれんからな」

と、円也は駆け出した。

「曲者じゃあ！」

顔を手で押さえたまま前波は喚きたてた。指の隙間から鼻血が溢れ出る。雑兵たちが集まってきた。

円也は両拳と足で敵を薙ぎ倒す。敵は次々と転倒する。倒れた敵を踏みにじり、円也は疾走した。

すると、前方に鉄砲を手にした敵兵が立ち塞がった。

円也の足が止まる。

敵の手が引き金にかかった。

そこに石のつぶてが飛んでくる。鉄砲が逸れ、空に向けて弾が放たれた。

山林の中から一舎が現れた。

「お頭、うまくいったようだね」

「いや、そうでもないぞ」

敵が殺到する。

そこに妙林坊が駆けつけた。妙林坊は敵の一人を抱え上げ、群がる敵に投げ飛ばした。

「こい」

妙林坊は仁王立ちをする。

敵がたじろいだ。鉄砲の筒先が妙林坊に向けられた。

すると、

「こっちこっち。こっちだよ」

鉦を打ち鳴らしながら一舎は念仏踊りを始めた。

「あ、そ〜れ、そ〜れ」

たのしげに鉦を鳴らし、身体を揺らして足をひょこっと上げる。敵は唖然としていたが、気を取り直し、一舎に向けて鉄砲を放った。

一舎はたじろぐどころか身体をくねらせ巧みに弾を避ける。

「当たらないよ〜だ」

からかいの言葉を投げると激しく鉦を打ち鳴らした。敵は焦って鉄砲の玉込めを始めた。

今度は妙林坊が金剛杖で殴りかかる。風がびゅんと鳴り、金剛杖で殴られた敵がふっ飛んでいった。

「行くぞ！」

円也たちは脱兎の如く逃亡した。

五

円也たちは虎御前山の光秀の陣に戻った。

光秀と円也は二人きりになる。

「朝倉義景、餌には飛びつかなかったぞ」

円也は大嶽山での首尾を報告し、

「義景め、一乗谷に帰りたくて仕方なかろうに、重臣どもが承知しなかったのだ」

と、話を締めくくった。

「朝倉家は体面を重んじるからな。浅井の手前、ろくに織田と干戈を交えぬ間に軍勢は引けぬということか」

光秀は舌打ちをした。

「それにしても義景は、よくも重臣どもの意見に耳を傾けたものだな。十兵衛ならよく存じておろう。義景の軟弱さを。戦なんぞ真っ平、一乗谷の屋形で歌を詠み、舞いをし、諏訪殿や息子と時を過ごしたいはずじゃ」

「ここが踏ん張り所とでも景鏡から諭されたのであろう。それよりも、前波吉継がそれほどに疎んじられておるとはな」

光秀は目を凝らした。

「そうよ。諏訪殿と愛王丸に嫌われ、義景の信頼も失った」

円也は薄笑いを浮かべた。

「取り込めそうか」

「恩賞次第であろうな。わしは十分に脈はあると見た」

円也の自信満々な物言いに光秀は首を縦に振り、言った。

「前波を寝返らせてくれ」

「心得た。前波を寝返らせれば朝倉義景は足元が危うくなる。越前への撤兵も叶(かな)うだろう」

うなずいてから光秀は推論を展開し始めた。

「ひょっとして朝倉が兵を引かない陰には義昭公がおられるのかもしれぬな。義昭公は浅井と朝倉をけしかけておるのではないか……。朝倉義景は義昭公の上洛要請に応えなかった。その後ろめたさもあり、義昭公の期待に今度こそ応えようと踏ん張っておるのかもしれぬ。もし、義昭公が浅井、朝倉を信長公に敵対させているとしたらまずいことになる。火遊びなど大概にしておかねば……これ以上、信長公と対立されれば、幕府が立ち行かなくなるどころか、御身もあぶないと、おわかり頂かなくてはならぬな」

「無駄であろうな。義昭は頭に血が上っておる。水を浴びせたくらいでは冷めぬであろうて」

円也は平気で将軍の名も呼び捨てにする。

「いずれにしても、朝倉が大嶽山で陣を敷いたままではまずい。南近江では六角の残党が暴れ、伊勢長島の一向宗徒も岐阜をつかんばかりの勢いを見せておる。四方に敵を抱えた上に都で将軍家に陰謀を巡らされたのでは……」

「さて、どうするかのう。織田信長」

円也は愉快そうに両手をこすり合わせた。

「ふん、高みの見物か」

「わしは信長の家来ではないからな。悪いか」

「褒められるものではないな。それよりも、いかにこの状況を打開するのか、だな」

「信長のことだ。恥も外聞もなく義昭や禁裏に助けを請うだろうな」

二年前と同様に朝廷と幕府により浅井、朝倉と和議をして、窮地を脱しようとしているのと円也は言いたいようだ。

「しかし、義昭公は受けまい」

光秀の見通しを、

「そうであろうな。義昭は強気だ。今度は朝倉も本腰を据えていると見越しているのだろう」

円也は言った。

「朝倉義景め」

光秀は拳を握った。

「おい、十兵衛さんよ。お主、信長の心配をしておる場合ではあるまい。朝倉は撤兵せんのだぞ。撤兵を請け負った責任を問われるだろう」

円也はからかうかのようだ。

「わかっておる」

光秀は失笑を漏らした。

「命までは奪うまいが、坂本の城と所領は召し上げられるのではないか」

円也は畳み込む。

「構わぬ」

「強がりか」

「牢人の身からの成り上がりだ。城と領地を取り上げられたとて、元に戻るだけのことだからな。それよりも、わたしは己の誇りを失いたくはない」

光秀は胸を張った。

「ほほう、十兵衛らしいのう」

円也は笑った。

「からかいおって」

さて、軍議だと光秀は床几から立ち上がった。

本陣へと光秀は足を踏み入れた。信長は立ったまま背を向けている。青地に雲を摑む龍を金糸で縫い取った絵柄の陣羽織が目に鮮やかだ。

盾机の両側に床几を据えて居並ぶ重臣たちは不気味な沈黙を守っている。重苦しい空気が漂っていた。

光秀は、

「明智十兵衛、戻って参りました」

と、声をかけた。

信長はゆっくりと振り返る。鷹のように鋭い眼光で光秀を睨むとどっかと上座の床

几に腰を下ろし、

「抜かったな」

報告を聞く前に信長は言った。

陣に入ろうとした。

すると、

「明智殿」

と、秀吉が止めた。

どうしたのだという目で光秀は見返した。

「ご自分の陣に戻られよ」

秀吉が言うと勝家と信盛は失笑を漏らした。信長は口を閉ざしている。どうやら、今回の失態を信長は許さないようだ。

ここで言い訳を並べたとて、信長の怒りを増幅させるだけである。処分を待つだけだ。

光秀は黙って立ち去った。すると、秀吉が追いかけてきた。

「こたびのこと、まこと、ご苦労さまでしたな」

秀吉らしい明るい口調に釣り込まれるように、

「しくじりました」

光秀は言った。

「一度、二度のしくじりは戦につきものですぞ」

秀吉は励ましてくれた。

「殿はさぞや不快に思っておられるでしょうな」

光秀が問いかけると、

「まあ、それは……」

秀吉は口をつぐんだ。

何かありそうである。

「いかがされた」

「わしはそんなことはにゃあと思っておるんですがな」

明朗快活な秀吉らしからぬ奥歯に物が挟まったような物言いをした。

「申してくだされ」

強い口調で頼むと、

「明智殿を疑う声があがっておるのですわ」

秀吉は声を潜めた。

「ほう、拙者を」

光秀の胸にじんわりとした淀みがせりあがってきた。

「それは、わたしが朝倉家に仕えていたからですかな」

光秀は言った。

「朝倉の陣より、無事に戻ってこられたのが、余計疑いに拍車をかけておりますな」

秀吉の言うことはよくわかる。

円也を使っていたと明かすことはできない。無事に戻って来たから朝倉と内通しているのだと、疑われるのももっともである。

「わたしはどうすればよろしいのですかな」

「殿さまの裁定を待つゆうことですわな。ですが、殿さまは明智殿を買っておられますでなあ、決して悪いようにはなされませんぞ」

秀吉の励ましに光秀は礼を言った。


自陣に戻り、陣小屋の狭い広間に至る。そこには円也、一舎、妙林坊、茜の他に派手な身形（みなり）をした眉目秀麗（びもくしゅうれい）の若い男がいる。薄紅色地に蝶を描いた小袖、空色の袴（はかま）を穿（は）き、真紅の肩衣を重ねていた。ぴんと立った茶筅（ちゃせん）髷が凛々（りり）しくもあった。来栖政次（くるすまさじ）

郎、南近江の領主であった六角承禎の家臣だったが、四年前、足利義昭を奉じて上洛した信長に六角家が滅ぼされ、牢人の身となる。他家に仕官しようとはせず、牢人したのをいいことに浪々の暮らしを楽しむ内、円也と知り合い仲間に加わった。

「おお、十兵衛、首と胴が繋がっておるな」

円也がからかいの言葉を投げる。

「黙れ」

光秀は円也を睨んだ。

円也は笑いを浮かべたまま、

「その顔つきを見ると、またぞろ、難しい役目を引き受けて参ったのであろう」

円也に指摘され、

「図星だ」

光秀はぶっきらぼうに答えた。

他の四人も光秀を眺めた。

「何を聞こうが我ら驚くものではないぞ」

円也の言葉に四人もうなずいた。

「朝倉義景を国許へ帰す」

光秀は言った。

円也は黙り込む。

妙林坊が、

「しくじったんや。諦めた方がええんとちゃうか」

一舎も青々とした頭を光らせ、

「難しいんじゃないの。義景は意地になるでしょう」

これを円也が引き取って、

「無理だぞ、十兵衛」

「朝倉撤兵に……わたしは進退をかけたのだ」

光秀は声を振り絞った。

「困ったものよのう」

円也はみなを見回す。

ここで来栖が言った。

「やってみようではないか。難しいが面白いぞ」

茜も、

「そうね。このままじゃ、織田は滅ぶよ。織田が滅んだら十兵衛先生も行き場がないものね」

茜は光秀が称念寺の門前で開いていた寺子屋に通っていたため、十兵衛を先生と呼ぶ。対して、

「十兵衛さまなら、召し抱えられる大名家には事欠かぬぞ」

来栖は異を唱えた。

しかし光秀は言った。

「わたしは織田信長に賭けた。今更、新たな賽を振る気はない」

来栖は肩をすくめた。

「よし、ならば、我ら一蓮托生だ。十兵衛のために、朝倉を越前へ追い返してやろうではないか」

円也はみなを見回した。

四人は各々、顔を輝かせた。

「頼む」

光秀は軽く頭を下げた。

そこへ、信長から使いが来た。光秀は陣小屋を出ると信長の本陣に向かった。本陣には信長と小姓のみが残っていた。

信長に手招きをされ光秀は側まで進むと片膝をついた。

「近う」

「越前に潜らせておる傭兵どもを前波村に向けた。岩井監物という野伏せりの頭領が手下を連れ暴れまわるであろう。うまく、使え」

信長は命じた。

六

月が替わった八月一日の昼下がり、妙林坊と来栖政次郎は越前国前波村にやって来た。修験者姿の妙林坊と派手な身形の美形侍来栖政次郎の二人組は妙な取り合わせだが、戦の最中とあって気に留める者はいない。

刈り入れを待つ田圃が広がっているが、すさんだ空気が漂っている。目つきのよくない野盗のような者たちがうようよと歩き回っていた。朝倉家の警護が手薄になっているのがわかる。

女の悲鳴、子供の泣き声が聞こえてくる。

荒れ果てた神社の境内に野盗まがいの連中が娘を囲んでいた。娘の着物は上等で、

脇に従者と思われる男が一人、倒れている。野盗たちに殺されたようだ。娘の世話をしているのであろう、老婆が来栖に、

「お助けください」

すがってきた。

来栖は返事をせずに野盗たちに近づく。太刀や鑓を手にした野盗が来栖を睨む。髭面で目が血走り、昼間から酒臭い息を漂わせている。その数、三人だ。

「一人の娘に三人がかりとは、野犬の如き者であるな」

来栖は凜（りん）とした声を放った。

「なんだと……」

野盗は娘から手を放し、来栖に血走った目を向けてきた。

「野犬のような者たちだと、実際のことを申したのだ」

来栖は繰り返した。

「てめえ、舐（な）めてやがると承知しないぞ」

「拙者も承知せぬ。そなたらを斬る」

涼しい顔で来栖は告げた。

「斬れるものなら斬ってみろ。その前にてめえを膾（なます）のように切り刻んでやるぜ」

「たわけが」

来栖は鼻で笑った。

「こいつめ」

野盗は太刀を抜き、鑓を構えた。

来栖も太刀を抜き放った。次いで風のように間合いを詰めると太刀を横に掃い、下段から斬り上げ、凄まじい勢いで振り下ろした。

一人は胴を、一人は脇腹を、最後の一人は脳天を割られ、地べたにどうと倒れた。

ぴんと立った茶筅髷も着物も一切の乱れはない。表情にも変わりがなく、呼吸の乱れもなかった。何事もなかったように来栖は太刀を鞘に納めた。

「ありがとうございます」

深々と腰を折って老婆が礼を言った。

娘も頭を垂れる。

前波村の領主前波吉継の家老大沼伝右衛門の娘、沙耶だと老婆が紹介した。

「拙者は来栖政次郎、近江六角家に仕えておりました」

来栖は挨拶をした。

「お幹、この方をわが屋形へ」

沙耶は老婆に囁いた。

お幹は来栖に大沼家へと誘ってきた。来栖は一礼し、大沼屋形へと向かうことにした。神木に繋いであった馬に沙耶を乗せ、来栖が轡を取った。

鳥居の陰に立っていた妙林坊はにやりと笑いながら来栖を見送った。


大沼屋形は周囲に空堀を巡らした典型的な武家屋敷であった。

御殿に到り、客間に通された。

やがて、食膳と酒が運ばれてきた。

心づくしの食膳である。まずは、腹を満たせという配慮だと思い、来栖は飯を平らげた。痩せの大食いとはよく言ったもので、来栖は健啖ぶりを発揮した。

やがて、

「殿がお礼を申したいとのことでござります」

お幹が呼んできた。

来栖は大広間に案内された。

三十畳程の板敷きが広がり、磨き立てられている。

大沼と思しき男が入って来た。

歳の頃、五十路半ば、浅黒い顔は艶めき長身ではないががっしりとした身体つきだ。右足を庇っているところを見ると、戦で負傷したのかもしれない。

大沼は上段の間には座さず、板敷きに座って来栖と向き直った。

「来栖殿、こたびは娘をお助け頂き、感謝申し上げる」

大沼は丁寧に頭を下げた。

「当然のことをしたまでにござる。それより、この辺り、野盗、野伏せりなどが闊歩しておるようですな」

来栖の言葉を恥じ入るように大沼は目を伏せた。

それからおもむろに、

「御屋形さまが織田との戦に出陣なさり、それをいいことに野盗の群れや野伏せりどもが闊歩するようになった。わしも、手傷を負い、このていたらくでござる」

大沼は二年前の姉川の合戦で右の太股を鉄砲で銃撃されたと、右足をさすった。大沼は息子太郎右衛門と次郎右衛門が織田との合戦に出陣していることを語った。

「来栖殿は六角家に仕えておられたのじゃな」

「四年前、信長の上洛の際に牢人を致しました」

来栖は言った。

「そうであるか。今は、いかにして日々のたつきを得ておられるのか」

「陣借りをしたり、それなりのことをしております」

来栖は言葉を濁した。

「ご苦労なさっておられるのう」

大沼が嘆いたのはわが身を思ってのことのようだった。

そこへ、

「悪いのは信長……織田信長です」

沙耶が入って来た。

「沙耶……無礼だぞ」

大沼は言った。

沙耶はそれを聞き流し、大沼の下座に座った。

「わたくしは間違ったことは申しておりませぬ。二年前、信長が越前に攻め込んできてからこの国は乱れました。信長は朝倉の御屋形さまに言いがかりをつけ、攻め入ったのです」

沙耶の言葉は辛辣だ。

大沼は沙耶を諌めようとしたが、

「拙者も沙耶殿に同調致します」

来栖は沙耶を見た。わが意を得たりと沙耶は一礼をする。

「戦国の世の倣いじゃ」

大沼は言った。

するると沙耶は反発するように、

「信長は天下静謐を謳い、公方さまの執権としてそれを実現しようと掲げております。それでいながら、天下とは遠い、越前に攻め込んだのです。ひとえに敦賀湊と三国湊が欲しいからなのは明らかではありませぬか」

「その通りですな。信長の織田家は尾張の熱田と津島という二つの湊で得た利で力をつけました。上洛後の信長は副将軍を受けず、代わりに堺と草津、国友に代官を置くことを求め、了承されました。信長にとって、湊の交易は限りのない利をもたらすものとして、執着しておるのです。銭ですな。信長の旗印は永楽銭、まさしく、利を求める男でござりますな」

という来栖の考えに我が意を得たりとばかり大きく首肯し、沙耶は信長への憎悪を露にした。

第二章　陰謀将軍

一

来栖政次郎は沙耶の信長への怒りの深さをいぶかしんだ。

「沙耶殿が信長を嫌っておられるのは、越前の平穏を乱しておるからですか」

厳しい目で沙耶はうなずいた。

沙耶の思いを汲み取るようにして大沼が、

「沙耶は許婚と末の弟を失ったのでござる」

と、言い添えた。

「織田との合戦においてですか」

来栖の問いかけに沙耶は首を左右に振り、悔しげに唇を噛んだ。

代わって大沼が答えた。

「戦ではないのです。織田の意向を汲んだと思われる野伏せりどもに殺戮(さつりく)されたのでござる」

「野伏せりどもと申されると……」

来栖は沙耶を見た。

「来栖さまが成敗をしてくださった野伏せりどもは手下です。岩井監物という者が束ね、この辺りを我が物顔でのし歩いておるのです」

岩井監物は一月程前から越前国内を荒らし回っていたが、一昨日からこの村に襲来したようだ。領主である前波吉継不在をいいことに手当たり次第に略奪行為をしているそうだ。

「岩井は信長と関係しているのですか」

来栖が問いかけると、

「岩井は織田の尖兵(せんぺい)だと触れ回っております」

大沼が答え、沙耶も続けた。

「信長は手段を選ばぬ大将だと一乗谷の朝倉屋形で耳にしました。実際、朝倉が浅井と盟約を結んでおるのを承知しながら、浅井に無断で越前領内に攻め込みました。信義など露程も解せぬ者でござります。野盗、野伏せりの類まで使って越前を内から崩そうとしておるのです」

朝倉義景が信長との合戦に出陣しているのをいいことに好き勝手を行い、成敗しようとした許婚と末の弟は岩井に殺されてしまったのだとか。

「なるほど、信長を恨むわけがわかりました」

来栖はうなずいた。

「口惜しゅうございます」

沙耶は唇を噛んだ。

「岩井監物一党、何人ほどがおるのですか」

来栖の問いかけに、

「四、五十人といったところですかな。村外れの山の麓（ふもと）にあった武家屋敷に乗り込んでわが物顔でおります」

大沼が答えると沙耶の目元が引き締まった。

「その屋形……」

来栖が尋ねると、

「許婚、佐山主水介（さやまもんどのすけ）さまの屋敷でござりました」

岩井監物は真夜中に屋形を襲い、佐山の一家を殺戮したのだとか。

「岩井は声高らかに言っておるのです。やがて、越前は織田のものとなる。さすれば、自分が信長さまからこの村の領主となることを認められておると……。そのため、村人の中には岩井になびく者もおる有様。わしが不甲斐ないと責められれば一言もござらん」

大沼は唇を噛んだ。

ここで沙耶が、

「わが身を助けて頂いた上に図々しいお願いではござりますが、岩井監物を退治してくださりませぬか」

すかさず、

「これ、沙耶」

大沼が諫めると、

「ですが、このままでは村は……村は滅びます。収穫の時になったら根こそぎ稲は奪われ、女は犯され男は奴隷に売られます」

沙耶は強い口調で言い立てた。

「御屋形さまが織田との合戦に勝利し、越前に凱旋なされば、岩井などたちまちにして追い払ってくださる」

　大沼が諭すと、

「父上、それはいつでございますか」

　食ってかかるように沙耶は問いかけた。

「間もなくじゃ」

　という大沼の曖昧な答えに沙耶が納得するはずはなく、

「間もなくとはいつですか。明日ですか十日後ですか、一月後ですか、年を越すのですか……稲刈りの時期は迫っておるのです」

「わかっておる」

　大沼は声を大きくしたが、

「わかっておるのなら、岩井たちを追い払ってください」

　沙耶の目に涙が光った。

　大沼も言葉が返せず口を閉ざした。

　ここで来栖が間に入り、

「大沼殿が一乗谷の朝倉屋形に懇意にしておられるお方はおられますか」

　沙耶と大沼は顔を見合わせた。

「叔母が奥向きに仕えております。小少将さまにお仕えしておるのです」

小少将は朝倉義景の寵愛(ちょうあい)ひとかたならぬ側室である。やはり、読み通りであった。

「拙者、浪々の身、陣借りをしての日々にいささか飽いております」

即座に、

「ならば、朝倉家にお仕えなされませ」

と、勢い込んで沙耶は勧めた。

「小少将さまに推挙くださりますか」

表情を明るくし来栖は返した。

「父上、来栖さまに岩井を退治して頂きましょう。退治してくださった暁には、小少将さまに推挙申し上げ、御屋形さまへのお取り立てを」

沙耶の頼みを、

「なるほど、来栖殿の腕は確かであるようじゃ。しかし、何分にも敵は四十人からおるのじゃぞ」

大沼は躊躇(ため)らいを示した。沙耶も危ぶみ、そうですねと表情を暗くした。

「拙者、一人で十分です、とは申しませぬが、さよう、五人ばかり、お貸し願えませぬかな」

来栖は申し出た。

大沼は思案の後、

「五人ならば、何とか……」

と、自分の郎党を集めると言ったものの、

「織田との合戦に役は立たぬと思い、出陣に加えなかったような者たちばかりでござる。助勢できるどころか足手まといにならねばよいのだが」

要するに年寄りたちであった。

普段は農作業を行い、戦になると鑓を手に戦に加わる若者たちはいない。

「まあ……」

さすがに沙耶は危ぶみ来栖から視線をそらした。二人の危惧をよそに、

「なに、何とかなるでしょう」

涼しい顔で来栖は言った。

二

その日の夕刻、円也は前波村の村はずれにある岩井監物が乗り込んだ佐山主水介の

屋敷にやって来た。

監物は広間で手下たちと酒宴を開いている。拉致してきた村の娘たちに酌をさせ、乱れた饗宴を繰り広げていた。野伏せりたちは嫌がる娘を抱き寄せ、浮かれ騒いでいた。

円也は宴の中に足を踏み入れた。

監物が円也に目を止めた。

監物はいかにも野伏せりの頭領という魁偉な容貌をしていた。六尺に余る背丈、鋼のように分厚い胸板、丸太のような腕、頭を丸めて、右頬に刀傷が縦に走り、右の目には黒い鍔の眼帯を施していた。

円也は織田の忍びだと名乗り、明智光秀の書付を示した。

「ほう、明智殿の配下か。うむ、まあ、一杯飲め」

監物は酌をさせていた娘に円也にも膳を用意させた。

「派手にやっておるようじゃのう」

円也は監物一党の前波村での暴れぶりを褒め上げた。

「前波村、ここまで警護が手薄とはな。お陰で奪いたい放題だ」

監物は上機嫌だ。

円也の前に膳が用意された。岩魚(いわな)と雉(きじ)の焼き物、山菜の煮付けだ。木の椀に並々と注がれた酒を飲む。

「わしは、いささか越前の事情には通じておるでな。信長公に前波村の警護の手薄さを申し上げたのは、わしじゃ」

坂井郡長崎村の称念寺を拠点に遊行しているのだと円也は改めて話した。

「その方、とんだ生臭坊主じゃな」

監物は笑い声を上げた。

「わかっておろうな」

円也は右手を差し出した。

「ちゃっかりしておるな。ちゃんと礼はする。あんまり、欲をかくなよ。御仏に仕える身であろうが」

監物がなじると、

「地獄の沙汰(さた)も金次第じゃよ」

円也はぐびりと酒を飲んだ。

「前波村は貰ったぞ。いやあ、よい村じゃ。おまえに教わったように警護は手薄。予想以上にな。領主の前波吉継、ごっそりと若い男を徴兵していった。年貢の取り立ても厳しくてな、村の者どもも前波に対する不満は相当であるぞ。実際、おれたちに味方する者もおる。朝倉、内部から崩れるな」

監物は言った。

「ならば、おまえたちも村人のために働いておるわけだ」

「そうよ。おれは義を掲げようと思うぞ。越後の上杉謙信(うえすぎけんしん)のようにな」

調子に乗り、監物は大言壮語した。

「その調子じゃ」

円也は手で膝を叩いた。

監物は真顔になり、

「それで、朝倉を打ち負かしたら、信長は……あ、いや、信長さまはこの村をおれの所領にしてくださるのだな」

「むろんだ。明智十兵衛殿が保証してくださる」

「明智十兵衛さまは朝倉に仕えておったそうではないか。織田に寝返って正解だな。仕える主次第で運が開けることもあれば、衰運に向かうこともあるということだ。傭兵(ようへい)、野伏せりの暮らしもそろそろ飽きた。ここらで安寧の地が欲しいと思っておったところだ。明智十兵衛さまは長いこと浪々の暮らしをしておられただけあって、おれたちの身の上をよくわかってくだされる。まこと、立派な大将だな」

　監物は夢見るような目となった。

「どうじゃ、前波村といわず、一乗谷でも暴れ回ったら。一乗谷は朝倉の本拠、朝倉屋形を襲うのは無理でも、城下の町屋、武家屋敷からなら米や銭を奪えるだろう。一乗谷の豊かさは都にも聞こえておる。北国の京都と呼ばれておるではないか。都から公家どもも多数訪れる。財宝が唸(うな)っておるだろう」

　下卑た笑いを浮かべ円也は誘いをかけた。

　ところが、監物は表情を引き締め、

「一乗谷は難しいな」

「本拠だけあって守りが堅いか」

「朝倉義景の愛妾小少将こと諏訪殿の親父齋藤兵部少輔が留守を任されておる。義景にとって諏訪殿と倅の愛王丸は目の中に入れても痛くない宝だ。二つの宝を守るに朝倉は必死だぞ」

「どれほどの軍勢がおるのだ」

「二万……」

「二万じゃと」

思わず円也は大きな声を上げてしまった。しかし、酒と女たちに溺れている手下ばかりで、注意を向ける者はいない。

監物は小さくため息を吐き、

「二万というのは大袈裟だがな、五千はおる」

朝倉義景が浅井の来援に率いた軍勢は一万五千、留守を預かる軍勢が二万は確かに多すぎる。監物の見立て五千が正しいだろう。五千としても、野伏せりが相手にできるものではない。

「一乗谷と前波村は近い。齋藤兵部、一乗谷を守る五千の兵の一部でも回すことはないのか。百や二百の兵がやって来たら、いくらそなたらでもひとたまりもなかろう」

円也が危惧の念を示すと、

「その心配はない。前波吉継は諏訪殿に嫌われておるからな」

監物の言葉は大嶽山で茜が摑んだ情報を裏付けた。前波吉継の寝返りはうまく事が運びそうである。

「よし、ならば、岩井監物殿の前途を祝って大いに飲むか」

円也は美味そうに酒を飲んだ。

監物も上機嫌になって杯を重ねた。

が、ふと杯を膳に置いた。

「どうした、何か不安でもあるのか」

円也も箸を止めた。

「いや、大したことではないのだがな、昼間、わが手下が三人、斬られた」

「何者に斬られたのじゃ」

「牢人らしい。前波の留守を預かる大沼の娘を手籠めにしようとしてやられたようじゃ」

「相手は牢人一人か。流れ者なんぞ、気にすることはあるまい」

円也は飲めと酒を勧めた。浮かない顔で監物はうなずき、

「斬られた者たちの亡骸を見たが実に鮮やかな手並みであった。相当に腕が立つな」

「見つけ出して斬ればよかろう。村に留まっておるのか」

円也は雉の串焼きにかぶりついた。

「おそらく、大沼の屋敷に逗留しておるはず」

「ならば、大沼の屋敷を襲うか」

雉の串焼きを円也は監物に向けた。

「そうよな。大沼の屋敷を襲ってやるか。一乗谷の齋藤兵部が兵を繰り出すのではと、

手出しせずにおったが、齋藤にこの村は守る気はないようだ。よし、襲うぞ」

監物は手下を見回した。

「いつ襲うのだ」

円也の問いかけには答えず、監物は勢いよく立ち上がった。手下たちは酒と女に夢中で誰も監物を見ない。

監物は足で板敷きを踏み叩き、

「者ども、これより、大沼の屋敷を襲うぞ。あそこなら、米や銭がある。女どももおるぞ」

監物が大音声を発すると、

「おお！」

手下たちは気勢を上げたが酔いが回っているため、呂律が怪しくなっている者ばかりだ。

「なんじゃ、たるんでおるぞ。今からじゃ、今から攻める」

監物は見える左目を凝らした。

「いや、それはまずい。みな、酔っておるではないか」

円也が引き止める。

円也の言葉にうなずく手下が何人かいた。

「鉄は熱い内に打て、じゃ。思い立ったが吉日とも申すぞ」

酔いが監物の闘志に火をつけたようだ。

「急いては事を仕損じるとも申す。みな、酔いが回っておる。足腰が立たぬ者もおろう。一眠りして夜明け前にしたらどうだ」

円也の説得を、

「それなら、身体が動く者だけでよい。但し、分捕った銭や女は働いた者だけに与えるぞ。銭と女が欲しい奴はおれと一緒に来い」

監物はいきり立った。

すると、

「銭だあ！」

「女だ！」

呼応する者が現れた。

「よし、行くぞ」

監物は前に踏み出した。

すかさず、円也は足を出した。監物はけつまずき、前のめりに倒れた。

「監物殿、酔うておるではないか。酔っておる上に夜更けとあっては敵を取り逃がすぞ」

円也が諌めると監物はあぐらをかき、

「よし、夜明け前に攻める。みな、一眠りじゃ」

と、監物は仰向けに寝転び、高鼾を立て始めた。

「さあ、飲もうぞ」

円也はみなに声をかけた。

いきり立った者も酒を飲んだり、女とじゃれあったりし始めた。

来栖は夜明け前に岩井を襲うつもりだと告げ、離れに用意されたしとねに入る。

夜の帳が下り闇が深まった。

「政次郎」

と、呼ばわる声が聞こえた。

来栖は濡れ縁に出た。

妙林坊が巨大な岩のような陰影を刻んでいた。

「まんまと、入り込んだな」

妙林坊は語りかけた。

「ああ」

来栖はにやりとした。

「今頃、岩井監物は浮かれ騒いでおる。程なくして手下どもと酔いつぶれるであろうて」

妙林坊は舌打ちをした。

「なんだ。酔いつぶれた相手を成敗するのは不満か」

来栖が笑いかけると、

「当たり前だ」

妙林坊は吐き捨てた。

「まったく、お主みたいに暴れまわるのが生き甲斐など、いくつ命があっても足りぬぞ」

「戦国の世に生まれた者の特権じゃぞ」

がははと笑いを上げてから妙林坊は慌てて手で口を塞いだ。

「払暁に襲ってやると大沼には申したのだがな」

来栖の言葉を、

「ええい、焦れったい、今だ」

妙林坊は薙刀（なぎなた）のこじりで地べたを突いた。

「まだ、酔い潰（つぶ）れるには早いぞ。ああ、そうか、少しでも刃を交えたいのだな。しょうのない坊主よのう」

来栖は顎（あご）を掻（か）いた。

「なら、決まりだな」

妙林坊は喜び勇んだ。

来栖と妙林坊は夜陰に紛れて夜道を急いだ。月のない闇夜だが星が瞬き、秋の虫がかまびすしい。川のせせらぎが耳に心地よい。妙林坊は鼻歌を口ずさみ、実に楽しそうである。

「いい気なもんだな」

来栖は歩速を速めた。

十町程、野道を進み、雑木林を抜けると目指す屋敷が夜陰に薄っすらと浮かんだ。

母屋から灯りが漏れている。

門前に人影が見えた。

「待っておったぞ」

人影は円也である。

「お頭、岩井監物たちはいかにしておりますか」

来栖の問いかけに円也はにんまりとし、

「他愛もない奴らよ」

と、屋敷の中を振り返った。

灯りは漏れているが、人の声はない。

妙林坊は庭を横切ると母屋の広縁に飛び乗り、広間に躍り込んだ。すぐに絶叫が聞こえる。

「早くせぬと、妙林坊に全部やられてしまうぞ」

おかしそうに円也は来栖に声をかけた。

「思う存分、暴れてもらいます。妙林坊の楽しみを奪うのは遠慮しましょう」

来栖は静かに言った。

広間は一層騒がしくなり、数人の男たちが逃げて来た。下帯一つの男はましな方で素っ裸の者もいた。みな、顔を引きつらせ土を蹴立てて木戸門目がけて走って来る。

来栖と円也は見逃してやった。

「片付いたかな」

静まり返った母屋を見やり円也は歩き出した。来栖も続く。

広間は妙林坊に撲殺された死骸が転がっていた。幸い、女の亡骸はない。監物も凄まじい形相で息絶えていた。

「成仏せい。束の間でもよい目を見たのだ。世のため人のために地獄へゆけ」

語りかけると、円也は念仏を唱えた。

虫の鳴き声に念仏の声が重なり、秋の夜長を彩った。

三

二日の朝、来栖は大沼から感謝をされ、新しい小袖と肩衣を与えられた。その上で一乗谷の朝倉屋形へとやって来た。

城下は、切り立った山間を流れる一乗谷川に沿って作られている。城下町の北と南は城戸で仕切られ、城下と外界を隔てていた。川の西側は町屋と武家屋敷が混在して建ち並んでいる。

朝倉屋形は東側の山のふもとにあり、山全体に堅固な城が築かれていた。屋形は豪壮にして華麗であった。表門を入ると門番に紹介状を手渡す。左手には大きな厩（うまや）がある。単なる厩ではなく、屋形に訴訟事を持ち込む者たちの待合となっているそうだ。

来栖も厩で待つように言われ、中に入った。

厩とは別に大きな建屋がある。板敷きが広がり、大勢の者が待っていた。中には将棋をしている者たちもいる。朝倉家は将棋が盛んというのは本当のようだ。

将棋盤を打つ駒の音が戦乱とは無縁の世界にあるのを物語っている。朝倉の平穏がいつまで続くか、そして、平穏を破る役目を担っているのだと来栖は身を引き締めた。

程なくして小少将から使いが来た。諏訪屋形で小少将が会うそうだ。

来栖は懐中からなつめを取り出した。蓋（ふた）を開け、懐紙を畳んで中に入れる。なつめの中には茶粉ではなく、水が入っている。甘い香りを漂わせるこの水、南蛮渡りの香水であった。麝香（じゃこう）などよりも濃く官能を誘う香りを放っている。

来栖は懐紙を浸し、首筋と手首を撫（な）でた。

御殿の庭に通された来栖は小少将の謁見を受けた。謁見に当たっては沙耶もその場に顔を出した。

「そなたが、来栖か」

小少将は面を上げよと命じた。

来栖はゆっくりと顔を上げる。華麗な打ち掛けをまとった諏訪殿こと小少将が興味深そうな面持ちで来栖を見ている。雪のように白い肌、瓜実顔、目がやや吊り上がり、高い鼻に小さな野苺のような唇に笑みをたたえている。少しばかり吊り上がった目のせいか女狐を思わせもした。

「ほう、これは意外な。涼やかな面差しではないか。百人斬りの武者とは思えぬぞ」

小少将は不思議なものを見るかのように言った。百人斬りとはいかにも話が大袈裟になっている。小少将の耳に達する間に、尾ひれ、羽ひれがついたのだろう。

「来栖殿はまさしく千人力の武者でいらっしゃいます」

沙耶が言葉を添えた。

来栖は微笑み、

「朝倉さまにはかつて真柄十郎左衛門という北国の勇者がおられたと耳に致します」

「真柄か、あの者はまことの勇者であった」

小少将は何度も首を縦に振った。

真柄太刀と呼ばれる刃渡り六尺の巨大な太刀を駆使して真柄は戦場狭しと暴れ回っ

たが、残念にも二年前の姉川の合戦において壮絶な討ち死にを遂げた。

「真柄はのお、大太刀を振ってその雄姿を示してくれたのじゃ」

　小少将は懐かしげに目をしばたたくと来栖に真柄の面影を重ね合わせようとしたのかまじまじと見下ろした。

　が、首を捻(ひね)ると、

「やはり、そなたは真柄の如き勇者には見えぬな。ああ、そうじゃ。苦しゅうない。広縁に上がりなされ」

と、誘いをかけた。

　来栖は沙耶をちらっと見た。沙耶はうなずく。一礼すると腰を上げ、辞を低くして階(きざはし)を上がった。広縁に達すると改めて両手をつく。

　小少将は座敷から広縁に出ると庭を見下ろした。

「朝倉屋形の庭で真柄は大太刀を振るって演武を披露してくれたのですよ」

　庭を見下ろした小少将はふと鼻を蠢(うごめ)かした。

「まこと、惜しき勇者であられたのですな」

　来栖は小少将に向いた。

　小少将は小首を傾げ、

「そなたか」

と、呟いた。

「いかがされましたか」

来栖は静かに尋ねた。

「甘き香り……そなた、女よりも甘い香りを漂わせておるのう」

「はて、女々しき者とおっしゃられますか」

「いいえ、誉めておるのです。武勇に優れたばかりか風雅も解するのではないか。来栖、そなたの先祖は公家ではあるまいか」

「祖父の代より近江六角家に仕えておりました。先祖を辿(たど)れば都の然るべき堂上家(とうしょうけ)に繋(つな)がると聞いております」

厳かに来栖は言った。

小少将は瞳を輝かせ、

「さもあろうのう。来栖、真柄の如き勇猛果敢さを朝倉家のために役立ててくりゃれ」

「身に余る、お言葉でございます。ですが、拙者、一介の牢人でございますれば……」

遠慮がちに仕官の志願をすると、

「むろん、御屋形さまには召し抱えてもらいますぞえ。そうじゃのう、禄はいかほどがよかろう」

小少将は相談をもちかけるように沙耶に視線を投げかけた。

「来栖さま、六角ではいくら頂いておったのですか」

沙耶に問われ、

「五百貫でござります」

来栖が答えると、

「では、五百貫で」

と、小少将が返したところで、

「それでは、朝倉家の評判が下がります」

という沙耶の異論を受け、

「そうじゃな、ならば、千貫でどうじゃ」

小少将は再び問いかけてきた。

「ありがたき幸せにござります」

来栖は頭を下げた。

「御屋形さまがお戻りになられるのが楽しみじゃのお。お留守中も来栖がおれば、心丈夫じゃ。のう、沙耶」

「まこと、よろしゅうございました」

「沙耶、そなた、よき武者を推挙してくれたな」

「怖れ入りましてございます」

沙耶も誇らしげである。

ここで、

「これは、父上」

小少将が広縁を見た。

齋藤兵部少輔が入って来た。でっぷりと肥え太り脂ぎった顔の中年男である。侍烏帽子を被り、直垂姿で小少将の前に座した。

齋藤は来栖を見た。何者だと無言で問うている。

「文にてお知らせしました来栖政次郎です。前波村の野伏せりをたった一人で成敗した勇者でございますぞ」

小少将に紹介され、来栖は平伏をした。

「おお、そなたが来栖か。ふむ、こたびはよき働きをしたな」

斎藤はまじまじと来栖を見た。

「浪々の身ゆえ、腕が鈍っておるのではないかと心配しておりましたが、夢中で太刀を振るいました。幸い、敵はだらしなくも酔い潰れておりましたので、わが手で成敗できました次第」

来栖は謙遜（けんそん）した。

「いやいやそれにしても、百人もの敵をたった一人で成敗するとは尋常な腕ではない」

斎藤は舌を巻いた。

「父上、御屋形さまがお戻りになられましたら、ご推挙してくださいね」

小少将が頼むと、

「むろんじゃ」

斎藤は請け負った。

「千貫で召し抱えてくださいね」

小少将は言い添えた。

「わかった」

斎藤がうなずくと、沙耶はこれで失礼しますと席を立った。沙耶がいなくなってから、

「斎藤さま、よろしゅうございますか」

来栖は問いかけた。

「何じゃ、千貫では不足か」

斎藤は問い直した。

「拙者のことではありませぬ。前波村です。前波村、領主不在という事情を考えましても、いかにも警護手薄でござります。岩井監物一党が荒らしまわったのも、手薄な守備であったため。前波村は一乗谷からも近うございます。守備兵の一部を割き、前波村を守ってはいかがでござりますか」

来栖が進言すると小少将はそっぽを向いた。

「それはできぬ」

斎藤は突っぱねた。

「何故でござりますか」

前波吉継が嫌われているのを承知で問いかける。

「今、朝倉は戦の最中にある。越前国内において、御屋形さまより所領を頂戴して

おる者はみなそれぞれに苦労をしておる。織田を打ち負かすために一致団結をしなければならない時期なのじゃ。前波吉継の所領にのみ、手助けするのでは家中の結束が乱れる」

　もっともらしい理屈を齋藤は展開した。

「ですが、あまりにも手薄で」

　同情を寄せる来栖に小少将が言った。

「わらわは大沼と沙耶には一乗谷に参るよう申しておるのじゃ」

　すると齋藤が、

「沙耶はともかく、大沼は留守を預かる立場上、一乗谷で暮らすわけには参らぬ」

　厳しい口調で否定した。

「それはそうですが」

　小少将は不満そうだ。

「大沼が一乗谷で暮らせば、越前国内の領主どもの中にも一乗谷に移る者が出てまいる。そうなっては国中に野伏せり、野盗がはびこるのだぞ」

　諭すように齋藤は言った。

「それはわかりますが、沙耶が不憫(ふびん)じゃ。前波吉継などという愚鈍な者を領主と仰がねばならぬのじゃ。まこと、不幸よな」

小少将は言いたい放題である。

斎藤は苦い顔をして、

「前波もこたびの合戦には必死の覚悟で出陣しておろう。御屋形さまの信頼を取り戻そうと必死であろうて」

「前波が武功を挙げようが、あの男は嫌いです。あの、陰気な顔を見るだけで、気分が落ち込んでしまいます」

辛辣（しんらつ）な言葉を小少将は並べた。

「前波とて、朝倉の大将じゃ。そう、悪しざまに申すな」

斎藤に釘を刺され、小少将は不承不承うなずいた後、

「御屋形さま、早くお戻りになりませぬかのう」

と、空を見上げた。

「織田を打ち負かせば、すぐにもお戻りになる」

という斎藤の言葉を受け、小少将は不安そうに問い直した。

「御屋形さまは信長に勝てますか」

「勝つに決まっておる」

少しの躊躇いもなく齋藤は答えた。

小少将は齋藤から来栖に視線を移した。

「来栖は六角さまの家臣であったのですね。信長は強いかのう……」

「四年前、六角家は信長が足利義昭公を奉じて上洛の軍を催した際、南近江を追われました。六角承禎さまが籠った観音寺城をわずか一日で信長は落としたのです」

「まあ……信長、そんなに強いのですか」

小少将は目を見開いた。目が吊り上がり、狐目が際立った。

齋藤が、

「なに、強いと申してもな、数を頼んでの戦をしたまでのこと。四年前は義昭公を奉じ、傭兵を数多雇い数を集めての戦であったのだ。今回、小谷で対する織田勢と朝倉、浅井勢は兵力にそれほどの差はない。負けはせぬぞ」

「ならば、早く信長を打ち負かしてくだされればいいのに」

甘えたような声で小少将は身をよじらせた。

「大船に乗ったつもりで待っておれ」

力強い声音で齋藤は宥めたが、気休めにもならなかったようで、小少将はため息混じりに、

「でも、信長が強いことに変わりはないのでござりましょう。やはり、御屋形さまの身が心配ですわ」

「なに、世の中にはな、信長より強い者がおる。わが御屋形さまもそうじゃが、他にもな。その強いお方が味方される」

「公方さまですか」

「公方さまもじゃがな……」

「どなたですか」

「まあ、その内わかる」

齋藤は言葉を曖昧に濁した。

来栖は諏訪屋形を後にした。

一乗谷川の河岸で円也が待っている。

小少将と齋藤兵部少輔との面談の様子を来栖が語ると、

「よし、うまい具合に小少将の懐に飛び込んだのだな」

円也は問いかけた。

「齋藤が朝倉義景には強い味方がつくと申しておったが、ひょっとして武田信玄のことかもしれぬな」

「いよいよ、信玄が動くか……それは置くとして前波の寝返り、仕上げに入るぞ」

円也はにやりとした。

対して来栖は表情を引き締め円也の言葉を待つ。

「これより、大沼の屋形に参ろう。大沼を前波村から去らせるのだ」

「齋藤兵部は大沼親娘を一乗谷には受け入れぬと申しましたぞ」

来栖が危惧すると、

「一乗谷ではない。大嶽山の前波吉継の陣に駆け込ませる」

円也は言った。

「そうか……なるほどのう、前波村を捨てさせるのだな」

来栖は納得し、前波村へと歩き始めた。


来栖は大沼屋敷へとやって来ると広間で大沼と沙耶に会い、

「お二方のお陰で朝倉家に召し抱えられそうです」

まずは礼を述べ立てた。

「いやいや、こちらこそ来栖殿には助けて頂いた。来栖殿が村に来てくださらなかったら、今頃はどうなっていたか……。のう、沙耶」

大沼はにこやかな表情となった。

「諏訪殿にも気に入られ、よかったですね」

沙耶は素直に来栖の仕官を喜んでくれた。

「仕官を叶えて頂きながら、こんなことを申すのは気が引けるのですが、大沼殿、沙耶殿、このままでよろしいでしょうか」

来栖は疑問を投げかけた。

「どういうことでござる」

はっとして大沼が問い返してきた。

「こちらの領主、前波吉継殿に対する齋藤殿と諏訪殿の冷たさを思って申しております」

来栖は齋藤の仕打ちを語った。

「確かに殿に対する諏訪殿や齋藤兵部殿の信頼は落ちておる。しかし、それゆえにこそ、殿は今回の合戦に並々ならぬ決意で出陣をしたのだ。留守を預かる我らもしっかりと頑張らねば」

己を鼓舞するように大沼が返すと、

「ですが、殿の留守の間、この村は野伏せりに荒らされたのですぞ」

　来栖が語調を強めると大沼は小さく息を吐き、口ごもった。来栖は続ける。

「それで、拙者もこの村のことが気にかかり、齋藤殿にこの村を守ること、頼みました。しかし……」

「齋藤さまはお守りくださらないのですね」

伏目がちに沙耶は大沼を見た。

大沼は苦い顔で沙耶の視線を受け止める。

「父上、このままではこの村は滅んでしまいましょう」

沙耶は悲痛な顔で訴えた。

「御屋形さまがお戻りになるまでの辛抱じゃぞ」

大沼は苦しそうだ。

「そんなことを申されても、御屋形さまがお戻りなるのはまだまだ先にござります」

「なんとか、踏ん張るしかあるまい。……おお、そうじゃ、沙耶だけでも諏訪屋形で寝泊まりをさせてもらってはどうじゃ」

　大沼の提案を、

「そんなことはできません」

きっぱりと沙耶は断った。ここで来栖が間に入り、個別の領主を特別扱いできないという齋藤の考えを披露した。

親娘が沈黙したところで、

「いっそ、前波さまの陣に行かれたらいかがでしょう」

来栖は誘いをかけた。

四

光秀は虎御前山の信長本陣に呼び出されていた。陣屋の広間で信長と二人きりで会見を持った。

「越前の調略、進んでおるか」

挨拶、前置き抜きで問いかけるのは信長にあっては常のことだ。

「わが手の者を前波吉継の所領である前波村に送り込みました。首尾よく、小少将に近づき、併せて前波離反に向けても動き、こちらは明日にも成就できそうです」

淀みなく光秀は答えた。

「であるか」

素っ気ないが信長は満足そうだ。

「傭兵どもが役に立ちました」

光秀の言葉に信長は表情を変えず、

「野伏せりどもとて捨石に雇われるのは承知のこと、奴らも本望であろう」

「いつもながら、殿の迅速果敢なること、驚き入ってございます」

前波が義景から疎んじられていると光秀から耳にした信長は、即座に傭兵を前波村に送ることを了承し、乱暴狼藉を働かせたのである。

「前波を裏切らせ、小少将めを配下の者に籠絡させよ」

改めて信長は命じた。

「御意にござります」

光秀が応じたところで、

「公方のところへゆけ」

と、次の命令を下した。

「和議の依頼でござりますな。しかし、公方さまは応じましょうか」

光秀が疑問を呈すと、

「金を持参せよ。金をやったとて応ぜぬとあれば、そのわけを探れ」

「承知しました」

光秀は両手をついた。

信長は小さくため息を吐き、

「公方め、二年前よりも強気じゃ。そのわけを知りたい。浅井、朝倉は二年前よりも力は衰えておる。比叡山は滅ぼし去った。敦賀湊、三国湊の船道前も減っておるであろう、朝倉の力は確実に落ちておるのじゃ。浅井も小谷から出られぬ。領内を徹底して荒らしてやり、領民から財を奪いもした。わが軍勢が小谷に居座ったままでは、城が落ちずとも浅井家は干上がる。浅井とて一時でも早く和議を結び、織田勢の引き上げを望んでおるはずじゃ。それにもかかわらず、公方が強気なのは何故か。大坂本願寺をあてにしておるのであろうか。長島の一向一揆どもに備えねばならぬが……頼りとしておるのは本願寺だけではあるまい」

珍しく饒舌(じょうぜつ)なのが信長の焦りを物語っているようだ。

光秀はうなずき、

「公方さま、ひょっとして大きな力を得たのかもしれませぬ」

「大きな力とは……」

信長の目に射すくめられながら光秀は答えた。

「武田信玄ではないかと……」

光秀の答えは信長も考えていたようで表情を曇らせ、

「信玄とは今のところ盟約の関係にある。盟約の陰でおれを裏切るつもりであったとしても、越後に上杉謙信がいる以上、甲斐を留守にはできまい。少なくとも、おれを脅かすような大軍勢での出陣は無理であろう」

自分を安心させるかのように普段と違って信長はゆっくりと語った。

「殿のお見通しに異存はございません。ですが、念のため公方さまと武田の動きも探ってまいります」

「うむ。そうしてくれ」

動かない戦に苛立ちを感じているようで信長は舌打ちをした。

二日の昼、京都二条の将軍御所の大広間において将軍、足利義昭と近臣、三淵藤英（みつぶちふじひで）、細川藤孝（ほそかわふじたか）が討議していた。三淵藤英と細川藤孝は兄弟である。

七年前の永禄八年（一五六五）、義昭の兄、十三代将軍足利義輝（よしてる）が三好三人衆と松永弾正に弑逆（しいぎゃく）された。当時大和興福寺一乗院の門跡（もんぜき）であった義昭は松永弾正から命を狙われた。三淵藤英と細川藤孝は義昭を一乗院から脱出させ、義昭の将軍任官に向け奔走し、織田信長の力を借りて四年前に実現させたのである。

義昭とは苦楽を共にした主従であった。

「浅井と朝倉、信長を苦しめておるのう。これで、信玄が余の求めに応じて出陣すれば、信長は万事休すじゃ」

義昭は上機嫌である。

「まさしく、風林火山の御旗が都に翻る日も遠くはないと存じます」

藤英が追従をした。

義昭と兄が楽観しているのに対し、藤孝は顔を曇らせている。その藤孝の表情を見て取った義昭が、

「どうした、藤孝。余の願い、足利将軍家、幕府の威光を取り戻す時が来るのじゃぞ」

続いて藤英も、

「我ら、上さまのお側近く仕える者としてこれ以上の喜びはあるまい。まさしく捲土重来ではないか」

「兄上、そうそう浮かれておる時ではないと存じます」

藤孝は兄に向かって言ってはいるが、むしろ藤英よりも義昭を諫めるつもりである。

「藤孝、そなた、明智ずれにすっかり籠絡されておるな」

藤英は顔を歪めた。

義昭が言う。

「藤孝、明智が何を申そうが、信長が滅ぶのは火を見るより明らかではないか」

藤英が力強くうなずくのを横目に、

「果たしてそうでしょうか」

藤孝は首を傾げる。

藤英が反論する。

「信長は囲まれるのだぞ。信玄が西に進めば伊勢長島の一向宗徒も立ち上がり、信長の本拠、岐阜をつく。南近江に潜む六角の残党の動きも活発となる。誰がどう見ても信長の滅亡は明らかだ」

「朝倉が越前に兵を引かぬ保証はありませぬ。朝倉が越前に戻れば、織田殿は兵の一部を小谷に残して岐阜に戻り、美濃、尾張を固められますぞ。さすれば、武田勢、いかに精強であろうと、やすやすと西へ進むことはできませぬ。しばしは睨み合いが続きましょう。風林火山の旗が都に翻る日は幻となりましょうな」

藤孝の見通しに、

「朝倉が兵を引くはずはない！」

藤英は強い口調で言った。

「藤孝、そなた、余がこのまま信長の傀儡に成り下がってもよいと申すのか」

いぶかしむ義昭に、藤孝は義昭に向き声を励まし言上した。

「傀儡ではござりませぬ。織田殿に盛り立ててもらい、上さまは将軍としての威光を天下に知らしめるのでござります。将軍が政を家臣に任せるのは、何ら恥じ入るものではござりません。将軍は政の高みにあられればよろしゅうござります」

義昭は藤英に視線を移した。藤英はそれを受け、

「藤孝の申すこと、まこと正論でござります。しかれども、今は戦乱の世でござります。戦乱の世であればこそ、将軍の武威を示すべきであると思います」

と言った。

「その武威は織田殿に任せればよいのです」

藤孝の反論に藤英は冷笑を浮かべ、

「織田殿は自らを上さまの家来とは思ってはおらぬぞ。そうであろう。管領も副将軍も受けなかったではないか」

「それは、謙虚さでござりましょう」

「謙虚だと。ふん、笑止じゃ。上さまに意見書を出し、肩越しに叱責する者のどこが謙虚なのじゃ。自分は将軍の家来にあらずと思っておる証ではないか」

藤英は気を高ぶらせた。

「それでも、織田殿は上さまのために、天下静謐のために懸命に粉骨砕身しておられるのです」

藤孝も語調を強め信長を擁護した。

「天下静謐が聞いて呆れるぞ。天下とは都及び、畿内を申す。都と畿内に静謐をもたらし、上さまを盛り立てるのが織田殿の役目ではないか。それを、織田殿は都と畿内の敵を討伐した勢いで越前に攻め込んだ。越前の二つの湊、敦賀湊、三国湊を手に入れんとしてじゃ。副将軍や管領を受けず堺や大津、草津に代官を置くことを求めた真の狙いも、交易による利を求めてのこと。織田殿にとり、大事なのは幕府ではなく利なのだ」

藤英の言葉に義昭は不愉快に顔を歪めた。

「信長はそういう男じゃ。利、銭、金をありがたがる卑しき者よ」

「なるほど、織田殿は銭、金に聡いお方です。戦には銭がかかりますので……。それと、織田殿がお考えの天下は都及び畿内にあらず。日本全てでござります」

熱を込めて言い立てる藤孝に義昭と藤英は顔を見合わせた。

「信長は日本全土に静謐をもたらすと申すか」

義昭が問いかけた。

「織田殿の印判をご存じでござりましょう。天下布武と麒麟でござります。天下布武とは武によって天下を一統する。麒麟は唐土の伝説、戦乱の世が終わりを告げる時に現れる獣でござります」

「藤孝、何が申したい」

藤英が詰め寄ると、

「天下が都と畿内を指すようになったのは、ひとえに足利将軍家の権威の失墜でござります。本来は武門の棟梁である将軍は日本全土の武士の主人。織田殿は本来の将軍の姿を取り戻そうと、浅井、朝倉と合戦に及んでおるのです。寺門との合戦、一向宗徒と戦っておられるのです。これ、ひとえに、上さまを武門の棟梁たる真の将軍とせんがためです」

藤孝の言上に義昭は気圧され、

「なるほどのう……いかにも余は武門の棟梁たる将軍じゃ。都や畿内だけではなく、日本全土に君臨すべきじゃな」

と藤孝の意見に傾きかけた。それを、

「藤孝、そのような世迷言、明智から吹き込まれたのであろう。日本全土を一統するなど夢物語、上さま、そのような甘言に乗せられてはなりませぬぞ」

藤英はきつく戒めた。

「うむ、そうじゃ。藤孝、明智如き成り上がり者の口車に乗せられてはならんぞ」

義昭は藤孝を諭すと、

「かりに、上さまが日本全土の武門を統べる棟梁とお成りになるのであれば、織田殿のみを頼るのではなく、武田、浅井、朝倉を頼られた方がよい」

藤英は結論づけた。

「いいえ、それは……」

尚も藤孝が反論しようとしたところで、近臣の一人が明智光秀の到来を告げた。藤英が、

「上さまはご多忙じゃ」

と、邪険に返した。

しかし、義昭は、

「よい、通せ」

と、許してから、

「まあよい。信長の様子を知る上で、明智と言葉を交わすのもよかろう」

藤英は近臣に光秀を通すよう命じた。

程なくして光秀が入って来た。

烏帽子、直垂に身を包んだ光秀は室町礼法に則り、義昭の面前に近づくのを躊躇う素振りを示した。

それを、

「明智、苦しゅうない。もそっと、側へ。気に致すな。余はそちを身内と思っておる。堅苦しい礼法なんぞ無用ぞ。さあ、側に来てくれ」

親しみを込め義昭は手招きをした。

警戒心を抱きつつ光秀は辞を低くして近づく。

「もそっと」

と、義昭は繰り返し、上段の間近くに光秀を招き寄せると、

「しばらくじゃな。戦陣暮らしが長引き、少々やつれたようではないか」

優しく語りかけた。

光秀は挨拶を返してから、

「本日、まかり越しましたのはお願いしております、織田と浅井、朝倉和議についてでござります」

「ああ、そうであるな」

義昭は気のない返事をした。

「何卒、和議の仲裁をお願いしたいと存じます」

光秀の頼みに義昭は、

「むろん、余とて黙っておったわけではない。浅井にも朝倉にも和議を呼びかけた。それゆえわかったのじゃが、浅井、朝倉の言い分ももっともじゃ」

と、勿体をつけて言った。

「浅井、朝倉は何と申しておるのですか」

「織田殿の横暴を訴えておる」

義昭は自分を将軍に就けてくれた信長に一応の敬意を表し、織田殿と呼ぶ。

「横暴とは……」

「難癖をつけ、越前に攻め入ったことじゃ。浅井、朝倉と織田の戦は、そもそも二年前織田殿が越前に攻め込んだのが始まり。その際、朝倉とは永年の盟約関係にある浅井を無視した。浅井は朝倉との盟約を無視された織田殿の理不尽を横暴だと申しておるのじゃ。朝倉は一方的な難癖をつけられ攻め込まれた暴挙を憤っておる」

義昭の説明を受け、

「もっともでござりますな」

藤英が訳知り顔で言い添える。

「それも、上さまが武門の棟梁として武士を統べるお方に成ってくだされという信長公のお気持ちからでござります」

光秀は言った。

「しかしな、その行いがかえって天下を乱しておることも事実ではないか」

藤英が異論を唱えた。

光秀が睨み返す。危うい空気を感じ取ったようで義昭は笑みを浮かべ、

「まあ、まあ落ち着け。明智、織田殿はそんなにも苦境に陥っておられるのか」

「今は踏ん張っておられます。ですが、東より山が動き出すという風聞がござります」

風聞が現実となりますといかに信長公といえど、苦しいお立場となります。

「東の山……はて……」

義昭は惚けた。藤英は薄笑いを浮かべている。

「山、すなわち、風林火山を旗印としておる武田信玄でござります」

光秀が答えると、

「ほう、武田信玄が甲斐を出陣するのか」

驚いた様子で義昭は問いかけてきた。

「上さまにはお心当たりござりませぬか」

「ないのう」

素っ気ない態度で義昭が答えると、

「上さまは、織田殿が武田殿と盟約を結んでおることをよくご存じじゃ。よって、織田殿の要請で武田と上杉の和睦(わぼく)を仲介なさったではないか。上さまと織田殿の連名の仲介で和睦は成ったはずじゃぞ」

藤英が言い添えた。

光秀は藤英に向き、

「むろん、存じております。それゆえ、武田殿が信長公に敵する出陣などなさらぬと信じております。が、口さがない京雀どもの中には、上さまが武田信玄に織田信長討伐を命じたと噂する者がおるのです」

「明智殿、京雀どものいい加減な言葉を真に受けるのではござらぬな」

「三淵殿、拙者とて鵜呑(うの)みにはしておりませぬ。しかし、噂というものを軽く見てはなりませぬぞ。噂が一人歩きをし、大事となるやもしれませぬ。そんな噂が立てられるのは、京雀どもの中に、上さまと信長公の不仲を囃し立てる者がおるのです」

「明智殿は上さまが武田殿を動かしておるとお疑いか」

「よもや、そんなことはなかろうと思います。ですが、申しましたように、噂が一人歩きしてはならぬのです。もし、武田が甲斐を出陣したなら、たとえ、上さまが関わっておられなくとも、京雀どもは上さまの要請だと面白おかしく語り、武田信玄もその噂を利用し、自らの出陣を将軍足利義昭公の命を受けたものだと正当化するかもしれませぬ。三淵殿、それでよいのですか」

強い口調で言い立てた。

「困ったのう、余は織田殿を恨む気などはない。織田殿のお陰で将軍と成れたのじゃ。余が望むのは天下静謐じゃぞ……ま、今一度浅井と朝倉には和睦を呼びかけてみる。織田殿によしなに伝えよ」

義昭は真顔で告げた。

五

光秀は義昭の下を辞した。

御所の庭にたたずんでいると細川藤孝がやって来た。

「藤孝殿、このままではまずいですぞ。上さま、いい加減に火遊びはお止めにならないと大変なことになります」

光秀が言うと、

「上さまは、生来の策謀好き。将棋の駒のように様々な大名を動かし、それを楽しむ向きがござります。まさしく火遊びになりかねません」

藤孝は嘆いた。

「そのことがおわかりにならぬ上さまは……」

光秀は言葉を止めた。

「織田殿は上さまに対し、さぞやお腹立ちでしょうな」

藤孝が危ぶんだところで、

「藤孝殿、腹を括られよ」

不意に光秀は目を凝らした。藤孝は後ずさり、

「上さまを見限れと申されるか」

「いかにも」

「拙者は幕臣……」

「忠義ですか」

「忠義とは申しませぬ。乱世にあって忠義などは後づけ。今の織田殿の状況を鑑みての躊躇いでござる」

「なるほど、いかにも信長公は不利どころか、滅亡の時にある。それであるからこそ、わたしは藤孝殿に織田への寝返りを勧めるのだ」

「織田殿が勝ちを拾った場合に見返りが大きいということですか。それでは、まるで博打ですな」

ふふふと藤孝が笑った。

「まさしく博打です」

「光秀殿は織田殿に賭けたというわけですな。しかし、それがしは……」

藤孝が躊躇うのも無理はない。

「寝返れと申しましても、藤孝殿にはお立場がございます。ですから表立って上さま

に歯向かうこと、織田の陣に軍勢を引き連れて参陣なさらなくても結構です。ただ、上さまの動きをお知らせくだされ」

光秀は囁いた。

藤孝は無言でいる。

「明智めの話から察するに、信長、相当に窮しておるようですな」

藤英の親言に、

「信長も己を過信したゆえ、このようになったのだということを思い知ったであろうのう。今更、遅いがな」

義昭は声を上げて笑った。

「武田信玄、頼りになりますな」

「まことじゃ。待ち遠しいのう。疾きこと風の如くじゃ。武田信玄、風のように都に上れ。東より参れ、東風(こち)吹かばじゃ」

義昭ははしゃいだ。

藤英も義昭に調子を合わせてから、

「ただ、動かざること山の如し。信玄は慎重な上にも慎重、しかとした地固めのならぬ内には動きませぬ」

念を押した。

「余の頼みを聞かぬと申すか」

「武田の動きも知る必要があります」

「もっともじゃが、そのような手立てはあるのか」

「お任せください」

「うむ、藤英のやることに間違いはなかろう」

上機嫌で義昭は任せると言った。

直後、藤英は御所の奥書院で一人の老僧と面談に及んだ。

「道有殿、お待たせ致したな」

藤英は一礼をした。

道有と呼ばれた老僧は皺だらけの顔にあって妙に鋭い眼光で見返した。

「用向きとは何じゃな。公方さまの第一の側近三淵殿から呼び出されるとは、よほどよいことか悪いことなのじゃろうな」

何が面白いのか道有はけたけたと笑った。が、前歯が二本抜けているため笑い声が微妙な響きとなっている。

　冷めた目で藤英は見返す。

　道有は上目遣いとなって、

「三淵殿が公方さまが最も信頼を寄せるご仁とは、京雀ばかりか南蛮の宣教師どもも存じておることじゃ。大したご威勢ではないか」

「公方さまとは苦楽を共にしましたゆえ、他の者にはなさらぬ相談事に与ってはおりますな」

　誇るように藤英は背筋をぴんと伸ばした。

　道有は横を向いた。

「そういえば、宣教師が三淵殿のことを噂しておりましたぞ」

「ほう、なんと……」

　藤英は目元を緩めた。

「都では公方さまの側近としてははなはだ尊大な態度を取るが、信長の前では額を畳にこすり付けて答礼し、信長と目を合わせる勇気などない、などとな」

　持ち上げておいて道有は意地の悪いことを言った。たちまち藤英は顔を曇らせ舌打ちすると、

「今でも武田家とは繋ぎを取っておられるのですな」

ぶっきらぼうな口調となって問いかけた。

「むろんじゃ。折に触れ、晴信(はるのぶ)は金を送ってくる」

信玄の諱(いみな)晴信を呼び捨てにし、道有はにんまり笑った。

「金を無心なさっておられるからでしょう」

お返しとばかり、藤英は返した。

「どうして、そんなことを聞くのじゃ」

道有の目が尖った。

「武田信玄殿を訪ねて頂こうかと思いましてな」

「ほう、晴信をな……そうか、甲斐に戻るのは久しいのう」

道有は目をしばたたいた。

「甲斐を離れ、何年ですか」

「もう、三十年も経とうかのう。わしも歳を取るはずじゃ。来年には八十じゃぞ」

「信玄殿に遺恨は残っておりましょうな」

「三十年も昔のことじゃで、晴信への恨みよりも、武田家の将来に幸あれと祈る日々じゃ」

現在は出家して無人斎道有を名乗っているが、この老人、かつての甲斐守護職武田信虎である。三十年前の天文十年、息子晴信によって守護の座を追われ、一旦、今川義元に庇護され駿河で暮らしたものの、腰を落ち着けることなく、娘の嫁ぎ先である公家菊亭晴季を頼って京の都に上り、気儘に暮らしている。齢、七十九だが、かくしゃくとしたものだ。

「いつじゃ」

「この秋には」

「どうせ、暇な身じゃによって、いつでもよいが……路銀がのう」

いひひと道有こと信虎は下卑た笑みを投げかけた。

「まずは」

藤英は金三枚を差し出した。

「これは、手付けじゃな」

金を受け取り信虎は念押しをした。

「むろんのこと」

「晴信に会って何とする……」

問いかけておいて信虎は右手を左右に振って藤英の答えを遮り、

「晴信に信長を討たせるのじゃな」

藤英は小さくうなずき、

「上さまより武田殿に上洛を求めております。武田殿は近々にも甲斐を出陣なさると返事をくだされた」

「晴信め、ようやく上洛を決意しおったか。これまで、わしは再三再四上洛せよと言ってやった。それにもかかわらず、愚図々々としておって信長に先を越されたのじゃ。あ、ま、それはよい。晴信が上洛を承知したのなら、わしが出向かなくともよかろう。あ、いや、行くのを嫌がってはおらんぞ」

受け取った金を信虎は大事そうに指でさすった。

「上さまが信虎殿を武田殿への使いに立てるのは、本物の信玄殿に会って欲しいのです」

藤英は言った。

「なるほど、晴信は影武者を使いおる。あ奴は生まれながらの臆病者じゃによって、戦場が怖いのじゃ。十一年前、信濃の川中島で上杉謙信と合戦に及んだ時、謙信に斬りつけられ、臆病さが窮まって、影武者を立てるようになったようじゃ。なるほど、上洛するとなると、影武者を立てての出陣はならぬな。影武者が公方さまに謁見するなどあってはならんことじゃて」

「上洛の軍に影武者がおってもよいのですが、本物が間違いなく出陣しておるのを信虎殿に確かめて頂きたい。そして、本物の信玄殿に必ず上洛し、信長を討つと、確約を取って頂きたいのです。三十年ぶりとは申せ、実の父たる信虎殿であれば本物と影武者の見分けがつくでござろう」

藤英の言葉に、

「むろんじゃ。晴信めはわしを見たら怯(おび)えた目をする。わしの目は誤魔化せぬ。影武者なんぞ、その場で手討ちにしてくれるわ」

往年の甲斐国主の血が騒いだのか信虎は顔面を紅潮させた。甲斐の国主であった頃、信虎は気に入らない家来を自ら手討ちにした。その数、五十人を超えるそうだ。国主自らが家来を斬殺(ざんさつ)するなど、信長くらいしかいないだろうと藤英は思いながら、信虎が五十人を手討ちにしたことも決して大袈裟な噂話ではないと確信した。

信虎は居住まいを正した。

「この道有、いや、前(さき)の甲斐守護職武田信虎、老骨に鞭打ち、将軍家の使いとして晴信に会う。晴信に早く、都に上れと尻を叩いてきますぞ」

「武田殿の上洛、いつ頃になりましょうな」

「臆病さゆえ、時を要するであろうが、来年の春には上洛せんことには将軍家もお困りであろう。まあ、任せなされ。国主を退き三十年が経っておるゆえ、晴信と弟の信廉の他にわしを見知っておる者などはおらぬが、わしが武田の軍勢を作り上げたのじゃ。武田勢はわしの掌の上じゃ」

「これは頼もしいお言葉ですな」

「公方さまにもよしなにお伝えくだされ。そうそう、出立する際には路銀を弾んでくだされよ」

無遠慮な信虎の要求にむろんのことと返してから、

「しかとお頼み申し上げます」

藤英は頭を下げた。

信虎はにんまりとし、奥書院を出ると玄関に向かった。

六

光秀は藤孝に見送られ御所の表門にやって来た。すると、御殿の玄関から足早に表門に向かって歩いて来る老僧を見かけた。杖をつき、背中が曲がっているもののしっかりとした足取りで光秀と藤孝には目もくれず表門を出て行った。

光秀の視線を追った藤孝が言った。

「無人斎道有、かつての甲斐守護職武田信虎殿でござる」

「ほう、信玄殿に甲斐を追われた信虎殿ですか。ご存命であられたとは。……しかも、お元気なようですな」

光秀が感心すると、

「至って壮健ですな」

藤孝も同意した。

「御所にはよく来られるのですか」

「よくではございませぬが、近頃、何度かいらっしゃいますな」

「上さまがお呼びなのですか」

「兄です」

藤孝は小さくため息を吐いた。

「三淵殿は何故、信虎殿をお呼びになられるのですか」

光秀の問いかけに答えを藤孝は逡巡したが、

「武田殿との繋ぎですな」

「……信虎殿は信玄殿と関係を保っておるのですか」

「追放されたとはいえ親子ですからな。信玄殿と直接ではないにしても、金の無心を武田家にしておられるようです。兄は信虎殿から武田家の内情など聞きだしておるのでしょう」

その言葉に光秀はうなずき、

「たとえば、武田信玄殿が上洛するかどうかですか」

「さあ、そこまでは……」

藤孝は答えを渋り、話題をそらした。

「信虎殿、八十近くなられますが、ご覧になったようにお元気そのもの。おそらく、これから上京の島田楼へ行かれるのですぞ」

と、にやりとした。

「島田楼というと、ああ、遊郭ですか。ほう、それはお元気じゃ」

光秀も噴き出したところで藤孝は一礼をして御殿に向かった。

光秀は御所を出た。

円也が待っていた。

「上京の島田楼へ行ってくれ」

光秀は金五枚を円也に手渡した。

「まさか、登楼させてくれるわけではあるまいな」

円也は冗談めかして問いかけた。

光秀は真顔で武田信虎が登楼しているであろうと言い、

「三淵が信虎を呼んで密談に及んだ。信虎は今でも武田家中と繫ぎを持っているそうだ。時期が時期だけに、信虎の動きが気になる」

「承知した」

円也は島田楼へ向かった。


信虎は島田楼の木戸を潜った。

「道有さま……」

苦い顔で入店を拒否しようとする店主に向かって、

「見目麗しき娘、五人寄越せ」

信虎は頭ごなしに告げた。

「道有さま、勘弁してくださいよ。ずっと、お金も払ってもらってませんわな。菊亭さまの御屋敷に代金を請求してもお支払いはしてくれまへんがな」

主人は嫌な顔をした。

「心配するな。甲斐までわしが取り立てに行ってやる。甲州金をごっそり手に入れるでな、たっぷり利子をつけて払ってやるぞ」

信虎の言葉を法螺と受け取り、

「いい加減にしてくださいな」

主人は信虎を睨んだ。

「いいから、この店でも目を見張るような女を五人、寄越せ！」

信虎は怒鳴った。

呆れるように主人はきつい目をして信虎に摑みかかろうとした。すると、

「持ってゆけ」

信虎は金三枚を投げつけた。金の一枚が男の顔面を直撃した。

「こ、これは失礼しました」

泡を食って主人は女を五人、信虎の座敷に使わした。

五人の美女にかしずかれ、

「さあ、酒をもってこい。料理もじゃ」

景気良く信虎は注文した。

たちまちにして豪勢な料理と酒が出され、歌舞音曲が奏でられた。

「騒げ」

信虎は大いに騒いだ。

「わしはな、甲斐で一儲けするぞ」

信虎はわめいた。

「儲けって、甲斐いうたら金山やなあ」

女たちは目を輝かせた。

「そうじゃ。たんまり稼いでくるぞ。そうしたらおまえたちにも大盤振る舞いじゃ」

信虎は上機嫌だ。

すると、襖(ふすま)が開き、

「それは羨(うらや)ましいですな」

断りもなく円也が入って来て、信虎の前に座った。

「なんじゃ」

信虎は険のある目を向けた。

「拙僧、遊行の者にて、甲斐は何度か訪れたのです」

円也はにこやかに語りかけた。

「それがどうした。楽しい宴を邪魔するな」

けんもほろろに出て行けと信虎は右手をひらひらと振った。

「まあ、そう言わず」

円也は金五枚を信虎に差し出した。黄金の輝きに信虎の目が細まった。それでも、見知らぬ遊行僧に警戒してか受け取ろうとせず、

「わしに何の用じゃ」

ぶっきらぼうに言葉を投げてきた。

「近々、甲斐に行かれるのですな」

愛想笑いを浮かべ円也は問いかけた。

「そんなこと、おまえの知ったことか」

「そうおっしゃらず、甲斐へ行かれる時には同道させてくだされ」

「断る」

「よい、儲け話があるのですがなあ」

「ふん、くだらん」

信虎はそっぽを向いた。

「千貫……」

円也は告げた。

目をむき信虎は円也を見た。

「法螺を吹くな」

「法螺かどうか、同道させてくだされ。今日のところはこれで失礼する。遊行の者、円也と申します。以後、昵懇に願いたい。あ、そうそう。その金は挨拶代わりにお納めくだされ」

円也は腰を上げ部屋から出て行った。

第三章　包囲

一

八月七日の昼、前波吉継の陣に大沼と円也がやって来た。大沼の横に円也がいることに前波は驚き、

「大沼、その者……」

口を半開きにして腰の太刀に手をかけた。

「大沼、何をしておる。その者は織田の間者、明智十兵衛の手先だぞ」

取り乱した前波に、

「村を野伏せりどもから救ってくださったご一党の頭領でいらっしゃいます」

大沼は言い立てた。

「なんじゃと……」

前波は太刀から手を離したものの、

「貴様が野伏せりどもから村を守ったとは、魂胆あってのことであろう」

嫌なものを見るような目で円也を見た。次いで大沼に視線を移し、

「大沼、この者どもに偽られたのであるな。たわけが。その方に村を任せたのが間違いであったわ」

口汚くののしった。

口をへの字に引き結んで主人の罵倒に耐える大沼の横に円也は立って言った。

「前波殿、大沼殿を責めるのはいかにも無体だと思うぞ。あんたも知っておろう。前波村は警護手薄であることをな。一乗谷を首尾する軍勢が村を守るはずが、あんたへの反発からろくな警護がなされておらん。野伏せりどもは、その辺の事情には敏感だぞ」

前波は言葉を詰まらせた。

「図星であろう」

円也がにやりとすると、

「村が警護手薄なのは承知の上じゃ。それを押して守るのが留守を預かる者の役目ではないか」

苦しげに前波は返す。

「留守を預かる者の役目と申すが、どれほどの人数が残されておったのかよく存じておろう。数少ない人数のほとんどが年寄り、とても野伏せりどもと刃を交えられるものではないぞ。あんたが無理して兵を募って出陣したからだ」

痛いところをつかれ前波は苦しげな顔をした。大沼も苦しげにうつむいている。

「前波殿、あんたの立場もよくわかる。ここで朝倉義景と重臣どもの信頼を回復しようと意気込んでの出陣であっただろう。あんた、昨年の二月、義景が鷹狩りをした際に、下馬をしなかったと、大勢の前で面罵されたそうだな」

円也が問いかけると、

「貴様、どうして、それを……」

前波は大沼に疑いの目を向けた。

大沼は目をそらし、首をすくめた。前波は大沼に詰め寄った。さっと円也が間に入り、

「大沼殿から聞いたのではない。そうした噂というものは広まるものじゃ。人の口には戸は立てられんからな。朝倉義景は諏訪殿と愛王丸にべったりだ。愛妾と愛息子から嫌われた家臣が落ち目なのは誰の目にも明らか。朝倉家中はもとより、領民どもにも伝わるものだぞ。あんたは義景から疎んじられた。奉行衆の一人として、朝倉家

の中枢を担うべき前波家の信頼を取り戻すため、今回の戦で大手柄を立てようと意気込むのは当然のこと。そのために、一人でも多くの兵を連れて来たのだろう。あんたの苦しい立場はよくわかる。留守を預かる大沼殿も気が気ではなかったが、あんたが焦るのもよくわかる」

諭すような円也の言葉を前波は否定しない。

口を閉ざし、話に聞き入っている。円也は一段と表情を柔らかにし、言った。

「それがために、前波村に皺寄せがいった。あんたが手柄を立てるなり、連れてきた兵どもが乱取りが行えるなりすればまだしも、朝倉の軍勢が織田勢と睨み合っておるだけでは、それらもままならんな」

「黙れ！　調子に乗りおって。その首を刎ねてやる。そこへ、直れ」

かっと両目を見開き前波は怒鳴りたてた。

「わしを斬って得することはあるか。精々があんたの一時の腹立ちを紛らわすだけではないか」

動ぜず円也は右手をひらひらと振った。

前波は拳を握り歯嚙みをした。

「それでも首を刎ねるか。さあ、すっぱりやってみろ」

挑発するように円也は顔を突き出した。

前波はよろよろと後ずさり、ことんと床几に腰を落とす。

「それにしても、不人情な御屋形さまであるのう」

嘆きながら円也は首を小さく左右に振った。

「ふん、わしを煽るか。明智の命でわしを謀反に奔らせに来たのであろう」

前波は警戒を示した。

否定するどころか円也は胸を張り、

「そうとらえてもらって結構。よいか、このままではあんたはじり貧だ。先はない。そもそも朝倉義景自身、織田との合戦に乗り気ではない。浅井への義理立てだけのために、形ばかりの出陣をしておっても何の利もない。それどころか、銭ばかりがかかる。今回も雪が降り出したら、越前に引き上げるであろう。そうしたら、戦の費えが残るだけぞ。野伏せりどもに荒らされた村を御屋形さまは援助してくださるであろうかな」

円也の言葉に前波は耳を傾け始めた。

我慢できないとばかりに大沼が身を乗り出した。

「殿、このままでは村は立ち行きませぬ。御屋形さまから支援を受けることができなければ、冬の間にも餓え死ぬ者が出ましょう」

「わ、わかっておる。騒ぐでない」

前波は唸った。

「前波殿、いかにされる」

円也が問いかける。

「……いかにと言われても」

前波は視線を泳がせた。

「織田へ寝返られよ」

ずばりと円也は勧めた。

「よくも、そんなことを」

前波は苦しげにうめく。

「寝返るなら、早い方がよい。真っ先に寝返るのと二番目、三番目では大きな違いが生じる。信長公から受ける待遇がな」

「朝倉から寝返る者が続くと申すか」

「不満をくすぶらせておる者はあんただけではあるまい」

「…………」

「朝倉義景、忠義を尽くすに足る主人であるかのう」

円也は思わせぶりな笑みを向ける。

「わしは朝倉家の奉行衆じゃ。わしだけではなく、代々、朝倉家の禄を食んできたのだ」

躊躇いを示す前波に、

「殿、織田を頼りましょう。このままでは、我ら前波家の者は浮かばれませぬ。前波家累代の忠勤も御屋形さまにはおわかり頂けないのです。我らは見限られたのです。殿の寝返りは裏切りにあらず。前波吉継を高く買ってくださる御領主に仕えるのは、戦国の世の倣い。後ろ指を差されようが、明智殿のようにご立身なさり、朝倉の者どもを見返しなされ」

切々と大沼は訴えかけた。

「しかし、織田に走れば、わが領地はどうなる。すぐにも、斎藤兵部の軍勢に蹂躙されるのじゃぞ」

前波はあえいだ。

「今でも荒れ果てておるのです。円也党のみなさまのお陰で野伏せりは撃退されましたが、みなさまが村から出て行かれたら、野伏せりどもは何処からともなくやって来るのは必定でございますぞ」

大沼は前波の前に片膝をついた。

「う～む」

「信長公は働きに応じて領地をくれるぞ。今、織田に寝返れば、大喜びをするであろう。人も物も売り時がある」

円也の言葉に大沼はうなずき、

「殿、決断をなされませ」

悲痛な顔で訴えかけた。

前波は唸っていたがやがて床几を立ち上がり、

「よし」

と、声を大きくして決意を示した。

「円也、それで、どうすればよい」

「明智十兵衛殿の陣に案内を致します」

居住まいを正し、円也は言った。

二

七日の真夜中、円也は前波を伴い光秀の陣にやって来た。

陣屋で光秀は前波と対面をした。

「前波殿、しばらくでござるな」

甲冑に身を固めた光秀は声をかけた。

光秀の具足はぴかぴかである。対して戦塵にまみれ、着古した前波の鎧はみすぼらしく、それだけで気圧されてしまった。前波は口を閉ざし、光秀を見返した。光秀は笑みを浮かべ、

「本物ですぞ。正真正銘の明智十兵衛でござるよ。覚えておられましょう。前波殿」

と、親しみを込めて語りかけた。

前波は媚びるような笑みを浮かべ、

「明智殿、織田家に仕官され、目もくらむような立身ですな」

追従を述べ立てた。

「信長公は門閥出目にかかわりなく、手柄を立てた者は取り立ててくださりますのでな」

光秀は答えた。

「明智殿は朝倉家を見限り、正解でございましたな」

「今のところは……むろん、前波殿とて、働きが評価されれば累進が約束されますぞ。

信長公は新参も古参も外様も譜代も分け隔てなく、働きで評価をしてくださります」

　余裕の笑みを浮かべ光秀は言った。

　前波の顔は曇った。

「確かに、朝倉は門閥意識が高い。よって、朝倉家では明智殿も外様、新参者扱いをされ、冷や飯を食わされておられましたな。明智殿ほどのお方を冷遇しておった。まこと、身贔屓ばかりの家じゃ。家柄ばかりか、御屋形さまは好き嫌いで評価をなさる。まこと、狭量……」

　愚痴を並べ、前波は光秀の機嫌を取るかのように言った。

「前波殿、信長公を信じて、しっかりと働かれよ」

　光秀の言葉を噛み締めるように前波はうなずき、

「承知した。それで、具体的にどのようにすればよろしかろう。朝倉の帷幄にあって、内情を明智殿にお伝えするということでござろうか」

「いや、それでは、信長公は前波殿の寝返りをお信じにはなられませぬな。猜疑心の強きお方ですからな。信長公は尾張を束ねられる過程で、一族同士の激しい争いを制せられた。実のお母上に疎んじられ、弟御や譜代の重臣に裏切られる手痛い目に遭われた。それゆえ、人を信じるに殊の外慎重だ」

「誓って、信長公を裏切りませぬ。誓紙を出しましょう」

甲冑の草摺を鳴らし前波は光秀に頭を下げた。しかし、光秀は首を左右に振った。

「では、人質を出しましょう」

光秀はそれでも足りぬと返してから、

「虎御前山の本陣に駆け込まれよ」

と、言った。

「織田の本陣に……」

唖然とする前波に、

「一族郎党を引き連れ、信長公の本陣に駆け込むのでござる。前波殿が織田に奔ったと敵味方に明らかにするのです。もう、後戻りはできぬことを信長公に示されよ」

乾いた口調で光秀は告げた。

前波は視線を彷徨わせた後、

「承知した」

決意を表すように語尾に力を込めた。

明くる八月八日の白昼、前波吉継は軍勢を率いて大嶽山を出陣、虎御前山に軍勢を進めた。朝倉の陣では、予定外の前波の出撃に戸惑う者ばかりであったが、やがて前波が決死の突撃をかけたのだと勘違いをする者が現れた。

歓声を上げて前波に声援を送り始めたのだが、織田勢が全く応戦しないまま前波勢を迎え入れる有様を見て、疑念の声が上がり、仕舞いには裏切りとわかっての怒声となった。

光秀の陣にあって、

「前波、思い切ったな」

円也は言った。

「自分のみじめな立場を考えれば当然の決断だ」

光秀は淡々と答えた。

「わしは半信半疑であったがな。前波は愚図々々と優柔不断を絵に描いたような男と思っておったぞ。今回は十兵衛に人を見る目があったということか」

円也の賞賛に光秀はにこりともせず言った。

「前波吉継ばかりではない。前波同様、朝倉家中には不満を抱く者は少なくはない。前波も申していたが、朝倉家では御屋形さまの好き嫌いで取り立てられるか冷や飯を食わされる。近頃では御屋形さまもさることながら、諏訪殿のご機嫌も伺わねばならんということだ」

「ならば、前波に続く裏切り者を誘うか」

円也がほくそ笑むと、

「その必要はない。円也が働かずとも、前波の寝返りを見れば、我もという者が出てくる」

光秀も薄笑いを浮かべた。

「朝倉義景、どうするかのう。国許の不安を危ぶみ、越前に引き上げてくれればよいがな。十兵衛、兵を引くと思うか」

「今しばらくは踏ん張るであろうな」

「ほほう、それは何故だ。義景は臆病だ。国許に不安を抱き、居ても立ってもおれぬのではないか」

「朝倉義景というご仁、臆病以上に面子（メンツ）にこだわる。白昼堂々、敵味方注視の中、譜代の臣に寝返られたとあっては、大いに体面を傷つけられた。飼い犬に手を嚙まれた……顔面に唾（つば）を吐きかけられたようなもの。このままでは越前に帰るに帰れまい」

光秀の見通しに円也は苦い顔をし、

「それでは、前波を寝返らせたのが裏目に出るということか」

「いや、大いなる効果だ」

一瞬の迷いもなく光秀は言った。

「わしへの気遣いか」

「そうではない。朝倉義景の人柄だ。誇りは高いが優柔不断ときておる。よく申せば慎重ということになろうがな。義昭公という玉が転がり込んだにもかかわらず、上洛には動かなかった。そんな義景だ、こたびの前波の裏切りに激怒し、織田への戦意を高めるには違いなかろうが、かといって自ら軍勢を率いて織田勢に決戦を挑む程の度胸はない。いかなる策がよいか、ああでもないこうでもないといたずらに軍議を重ねるだけだ。その内、戦意も失せ、諏訪殿と愛王丸への想いが募る。張り詰めた戦意が失われた後の郷愁は、より一層強いであろうて」

光秀が語り終えると、

「なるほど。ならば、我らは手筈通り、越前での仕事を進めるぞ」

円也は念押しをした。

「頼む」

生返事となった光秀に、

「どうした、気がかりなことがあるのか……ああ、そうか、武田信玄だな」

「まさしく」

「信玄が足利義昭の求めに応じて上洛の軍を起こすかが気になるのだな。気にかかるのも当然だな。信玄が動き出したら、朝倉義景も越前には帰らぬであろうからな。浅井と共に信長を攻め立てるだろう。よかろう。信玄の動きを探る。幸い信虎とは繋ぎが出来た。信虎を見張り、尚且つ信玄出陣を探るぞ」

勇んだ円也に、

「いや、武田の動きは探らずともよい。徳川殿が目を光らせておられようし、信長公も間者を放っておられる」

光秀は円也を宥め、まずは朝倉の撤兵に力を注ぐよう頼み込んだ。

三

翌九日の朝、一乗寺の諏訪屋形では諏訪殿こと小少将が父親齋藤兵部少輔の訪問を受けていた。庭には来栖政次郎が控えている。齋藤は苦々しい顔をしている。

「父上、いかがされたのですか、そのような怖いお顔をされて……」

小少将はのどかな顔で言った。のんびりと過ごそうとした矢先なのに、口うるさい父の訪問が不愉快なようだ。

「前波吉継が裏切りおったのだ」

苦々しい顔で齋藤は言った。

父の苦悩とは対照的に小少将は、

「前波……ああ、あの無礼な者ですか。陰気な面構えの役立たずでござりましょう」

どうでもいいと関心を示さなかった。

「いかにも裏切りをしそうな男ではあるがな。それが、こんな大事な時に」

齋藤は歯軋りをした。

「前波が裏切ると、不都合なことがあるのですか」

暢気にも小少将は小首を傾げた。齋藤は苦い顔のまま、

「前波村は一乗谷から近い。前波の者たちがいなくなれば、一乗谷の治安も不安定になる」

「それは心配いらぬのではござりませぬか。父上は御屋形さまから、守備の軍勢を預けられたのでござりましょう。加えて、前波村にはびこっておった野伏せりどもを成敗した来栖がわらわを守っておるのです」

齋藤は来栖をちらっと見て、

「いかにも一旦は野伏せりどもは退治された。じゃが、前波の裏切りを知れば、遠からず別の野伏せりどもが前波村を荒らし回るであろうて。御屋形さまには、一日も早く、一乗谷にお戻り頂きたいものだ」

齋藤の心配を受け小少将は来栖に視線を向けた。

「来栖、どう思う」

「野伏せりなんぞ恐れませぬが……留守を預かる大沼殿はいかがされたのですかな」

来栖は齋藤に問いかけた。

「逃げた……いつの間にか前波に合流し、虎御前山の織田の本陣に駆け込んだ」

「ならば、前波村は、大沼殿の兵もおらぬということですな」

来栖が確かめると、

「じゃから、心配をしておるのではないか」

齋藤は苛立（いらだ）ちを示した。

「前波村など放っておけばよいではありませぬか」

一向に危機感を抱かない娘を齋藤が睨んだ。

「前波村が無法地帯となれば、一乗谷の民どもが不安を抱くのじゃ。それにな、前波村の民どもが一乗谷に避難してくるであろう。さすれば、城下は混乱を極める」

「まあ……それは鬱陶しいことですわ」

ようやくのこと、不安というより不満を募らせた小少将であったが、

「御屋形さまがお戻りになれば、前波村も平穏となりますぞ。それまで、父上が責任を持ってお守りすればよいではございませぬか。おお、そうじゃ、しっかりとお役目を果たした暁には、前波吉継の所領は父上のものとなるのではございませぬか。きっと、御屋形さまは加増してくださります。わらわからも頼みます」

と、捕らぬ狸の皮算用をした。

渋面となった斎藤に、

「御屋形さまは織田を討ち負かしましょうぞ。さすれば、公方さまからご褒美を頂戴できます。そうじゃ、都にお上りになられるじゃろう。わらわも都にお供を致すぞえ。公方さまの御所に参るのですぞ、父上。公方さまの御所は花の御所と呼ばれておるのでござりましょう。さぞや風雅でありましょうな」

小少将はうっとりとなった。

「花の御所はとうの昔に焼け落ちた。今、公方さまがお住まいの御所は信長が普請した。なんでも、三月で造営したそうじゃ。何万もの人足を使い、あちらこちらの公家屋敷や寺院から庭石や石仏を引いてきて力ずくで造ったそうじゃ」

ぶっきらぼうに齋藤は返した。

小少将は眉間に皺を刻み、

「無粋なこと。ならば、御屋形さまが新たにお造り申し上げればよいのです。一乗谷の朝倉屋形、この諏訪屋形を模範とすればよい。公方さまは一乗谷におられた頃、朝倉屋形を誉めておられたのですもの。きっと、お気に召すでしょう。ですから父上、一乗谷ばかりか、裏切り者前波吉継の所領も守りなされ」

「それは一興ではあるが、前波の所領にわが軍勢を向けるとなると、一乗谷の守りが手薄になるのだぞ。それでもよいのか」

齋藤が危機感を煽ると、

「まあ、それはいけませぬね」

小少将は顔を歪めた。

「であろう。今は、御屋形さまの帰国を願うだけぞ」

「御屋形さまのお帰りはいつ頃になりましょうや」

不安そうに小少将は空を見上げた。

「織田勢が小谷から退けば……さて、信長、一日も早く兵を引き上げてくれぬかのう」

「織田は強いのですね」

「強いな」

さらりと齋藤に答えられ、小少将は今までの楽観した様子は何処へやら、肩をすくめて問いかけた。

「よもや、御屋形さまが負けることはございませぬな」

娘の動揺を見て、齋藤は自分までもが弱気になっては駄目だと奮い立ったのか、

「負けはせぬ。信長ごとき成り上がり者に、百年の伝統を誇る朝倉家が負けるはずはない」

力強く言った。

「それを聞いて安心しました。ならば、都には正月にも上れましょうな。都見物をして、西陣の織物を求め……そうじゃ、堺にも足をのばして南蛮渡りの珍らかな品々を手に入れましょうぞ。まこと、楽しみじゃ」

無邪気に父の言葉を信じ、小少将ははしゃいだ。この女こそが朝倉を滅ぼす、傾国の美女に違いないと来栖は思った。

「おお、そうじゃ、来栖」

上機嫌になった小少将は来栖に視線を向けた。来栖は小少将の言葉を待った。

「来栖は都には行ったことがあるのか」

「ございます」

「やはり、雅であるか」

「戦乱で荒廃したとは申せ、やはり、都は歩いておるだけで華やいだ気分になります」

「そうか、行ってみたいのう」

小少将は遠くを見る目をした。

「来栖は六角殿に仕えておったのであるな」

不意に齋藤が問いかけてきた。

「六角家が再興されたなら、戻るか」

「さて、それは……」

来栖が答えを迷っていると、

「御屋形さまに仕えればよい。そうせよ」

小少将は強い口調で命じた。

四

前波の裏切りを受け、光秀は足利義昭を御所に訪ねた。

今日は義昭は会わず、三淵藤英が光秀の相手となった。藤英は光秀に侮蔑の笑みを投げかけた。

「上さまはお忙しいゆえ、拙者が用向きを伺う」

「浅井、朝倉との和議を仲介してくだされ」

光秀は言上した。

「また、そのことでござるか。先だっても申したように上さまにあっては浅井、朝倉に織田殿との和議、仲介の労を取ってはおられるが、双方の言い分もごもっともと判断された。まずは織田殿が兵を引かれてはどうか」

「よくわかりました。では、信長公よりこれを預かって参りましたので、上さまにご覧に入れてくださりませ」

光秀は信長から預かった書付を差し出した。

それは、十七箇条に及ぶ意見書であった。藤英は受け取り、腰を浮かした。それを光秀は引きとめ、

「三淵殿もお目を通してくだされ」

「上さまへの親書ではないのか」

「近臣としてお目通しくだされ。信長公は写しを禁裏や全国の大名方に送るおつもり

です」

藤英は表情を引き締め意見書を読み始めた。たちまちにして顔色が変わった。表情も強張り、

「なんじゃ、これは！」

怒声まで張り上げた。

「上さまをお諫めする書状でござる」

けろりと光秀は返した。

「上さまへの悪口雑言ばかりが書き連ねてあるではないか」

「全ては事実でござる」

内容は足利義昭の悪しき政に意見するものだ。朝廷への奉公を怠り、お気に入りの臣ばかりを厚遇し、信長に無断で諸国の大名に書状を出し、武具を備えるべきなのに専ら金銀を蓄え、民までもが欲深き悪しき御所と評判していると義昭を批難し、所業を正すよう求めていた。

「なにを」

藤英は書状を破こうとしたが、唇を噛むに留めた。

「上さまにご覧に入れてくだされ。三淵殿にありましては、その書状を元に上さまを

お諫めすべきと存じます」

「うぬごとき成り上がり者が指図するか」

怒りを露わにする藤英に、

「はい」

すまして光秀は答えた。

藤英は両目を吊り上げた。

「図に乗りおって。今に痛い目に遭うぞ」

「信長公にあられては、ご政道を改めてくださったなら幕府に金千枚を献上なさります」

光秀は申し出た。

「飴と鞭ということか」

薄笑いを浮かべ藤英は不快げに鼻を鳴らした。

「そう取ってくださって結構でござります」

「ふん、吠え面かくな」

「拙者への雑言は何なりとお受けします。しかし、きちんと上さまと協議なさってくだされ」

「………」

唇を震わせ藤英は立ち上がった。

「それでは、ここでお待ち致します」

光秀が言うと、

「待つ……待つとは」

藤英はけげんな顔で光秀を見下ろした。

「上さまが浅井、朝倉との和議を仲裁してくださるか、お返事をお待ちするのです。ついでに申しておきますが、仲裁してくださるのであれば、浅井、朝倉、そして信長公への和議の書状をしたためてくだされ。拙者が届けます」

「証を示せか。益々もって横柄窮まるな」

「拙者がでござりますか。信長公がでござりますか」

「両方じゃ！」

怒声を浴びせ足音も高らかに藤英は部屋から出ていった。

光秀はほくそ笑みながら座り続けた。焦らすのではないかと思ったが意外にも四半時とかからず藤英は戻って来た。

藤英は立ったまま、

「上さまにあられてはこれ以上の和議の労は御取りにならぬ」

「しかと協議の上でござるか」

「そうじゃ」

「上さまの正式なお答えと受け止めてよろしいのですな」

「さよう」

　声を大きくして藤英は答えた。

　最早、問答無用と思われたが、

「明智、上さまはな、たとえ金千貫が一万貫であったとしても、和議に乗り出すおつもりはない。銭、金で動くのは将軍たる者のすべきことではない。織田殿に申せ。将軍を甘く見るなとな」

　虚勢ではないと示すように、藤英は居丈高な顔で光秀を見下ろしていた。光秀は強い眼差しで藤英を見上げ、

「しかと伝えまする」

　と、座を払った。

五

九月になり、光秀は虎御前山に普請が成った付け城にやって来た。山全体に家臣団の陣所が配置され、山頂に信長の陣所が構えられている。

信長の陣所からは四方に見通しが利く。北に五町程の距離には浅井勢が籠る小谷城、朝倉勢が陣取る大嶽山が見通せた。西には満々と水をたたえる琵琶の湖が広がり、更に遥か彼方に比叡山八王子が望める。戦の最中でなければ、のんびりと景色を楽しみたいところだ。

光秀は冷たさを帯びた山風に吹かれながら陣所に入り、大広間で開かれた軍議に加わった。

上座に座る信長はこめかみに青筋を立たせ、苛々としている。末席には前波吉継とその後寝返った富田長繁が連なっていた。

「公方さまに十七箇条の問責状をお渡ししてまいりました。金千貫の提供と和睦の仲裁も合わせて依頼もしました」

光秀は藤英との面談の様子をかいつまんで報告した。

「公方め、三淵から書状を見せられ、さぞやふくれっ面をしておったであろうな」

してやったりと信長は手を叩いて笑い飛ばした。信長に追従を送るように臨席する諸将も声を放った。

「それで、仲介の労を取る気はないのだな」

表情を引き締め信長は確かめた。

「御意にござります」

光秀は頭を下げた。

「ふん、予想しておる通りであったが……」

信長はここで言葉を止めた。

「いかがされましたか」

信盛が問いかけた。

「公方め、馬鹿に強気ではないか」

信長はしかめっ面となった。

秀吉が口をはさむ。

「もっと、金を積めばええんじゃにゃあですか」

「いかほどじゃ」

勝家が嫌な顔をする。

「金、三千貫でも」

秀吉が答えた途端に、

「金の問題ではないと存じます。それに、決して強がりではないと存じます」

光秀が意見を述べた。

信長が目でわけを問いかける。

「公方さまは殿から何らかの利を得ようとして仲裁の労を断ったのではないと思います。駆け引きに仲裁の労を使っておるのではございません。きっと、別の思惑を持っておられます」

光秀の見通しを受け、

「それはどんなことですか。浅井、朝倉が勝つと踏んでおるということですか」

秀吉が問うと勝家が、

「二年前、浅井、朝倉との和議を公方さまは整えてくださった。その時、浅井、朝倉は比叡山に籠もっておった。大坂本願寺が立ち上がり、近江の一向宗徒も暴れ回った。あの時の方が浅井、朝倉は有利であった。こたびは浅井の本拠地である小谷での対陣、朝倉からは離反者も出た」

勝家の言葉で前波と富田に視線が集まった。二人は居辛そうにもごもごと口ごもった。

勝家は話を続ける。

「朝倉は内部から崩れておる。そんな時、公方さまが強気とは一体、どういうことなのだ」

これには光秀が、

「公方さまには織田が敗れるという確信めいたものがあると、思われます」

「そら、何ですかな」

秀吉は首を捻る。

「以前より、殿の添え状なしで書状を各地の大名に送ってはならないと厳しく申されたにもかかわらず、公方さまはお聞き入れにならず、様々な大名に誘いをかけておられると存じます」

光秀が返すと、

「ほんなら、今回、浅井、朝倉以外のいずれかの大名が公方さまの誘いに乗ったということきゃあ」

秀吉は納得したように首を縦に振った。

「その可能性は大だと思います」

光秀が答えたところで、

「誰だ」

勝家が問いかけた。

「おそらくは、武田信玄」

光秀は即答した。

重苦しい空気が漂った。

信長のみは足利義昭が信玄を動かすことを予想していたため、平生を保っている。

「しかし、武田との間には盟約がある。信忠さまに信玄の息女が輿入れすることも決まっておるのだぞ」

信盛が言うと、

「信玄なら、平気で約束なんぞ反故にしますわ。何しろ、父親を追い出して、守護職の座を奪った親不孝者ですでな。そんな親不孝者が、比叡山焼き討ちの後、殿を悪しざまに罵ったとは笑い事ですわ。親不孝者のくせに御仏に仕えるなど、とんだ茶番ですわな」

秀吉が口汚く信玄の所業をののしった。

「うるさいぞ」

勝家が顔をしかめる。

秀吉は口をつぐんだ。

「しかし、信玄が動くとなりますと、まずは、徳川領が狙われます。家康殿より、信玄が動くとは報せが届いておりませんぞ。それに、信玄が動くとしても、徳川領を侵攻し、尾張、美濃まで脅かすとなりますと、五千や一万では無理。信玄が甲斐を留守にするのは無理だと思います」

信盛の考えに対して、

「越中の一向宗徒の動きが活発になりました。越後の上杉謙信は一向宗徒との合戦に足を取られます」

光秀が言った。

「すると、信玄は謙信に脅かされることなく、甲斐から軍勢を動かせることになりますな」

勝家は危惧を示した。

「信玄め、公方の口車に乗せられおったか」

信長は渋面を作った。

「まだ、決まったわけではにゃあですわ」

秀吉が大きな声で言い立てた。

「それはそうだ」

信盛が賛意を示した。

信長は前波を見た。前波は気圧され信長に向いた。

「朝倉から寝返ったこと、悔いておるか」

信長に問われ、

「滅相もございません」

前波が声を大きくして返すと、

「それがしも、織田さまの下で働くこと、この上ない栄誉に存じます」

富田も言い添えた。

「まだ、武田信玄が動くと決まったわけではない」

一同に向かって信長は言った。

「ひとまず、横山城に陣を移されたらいかがでしょうか」

という秀吉の提案を信長は承知した。秀吉は虎御前山の陣に留まることになった。

「よし、速やかに横山城に移るぞ」

信長が命じると、みな弾けるように床几を立った。

光秀は自陣に戻った。

「円也、いよいよ武田信玄が動くぞ」

「やはり、動きを調べよと申すか」

「いや、その必要はない。円也が探らずとも信玄が動くとなれば、その雑説は徳川殿からも織田家中からももたらされる。問題はその後だ」

雑説とは現代でいう情報である。

光秀の言葉を受け、

「その後とは……朝倉を一日も早く越前に引かせろということか」

円也が問い直すと、

「そうじゃ。それと、武田勢が上洛の途に就いたのなら、甲斐に戻したい」

「朝倉が今回、手伝い戦にもかかわらず、頑張っておるのは、武田信玄が動くことを知っておったからかもしれぬな」

円也の考えに、

「おそらくはそうであろう。源は公方さまじゃ」

「足利義昭、さぞや得意であろうな。まったく、火遊びがお好きな公方さまじゃ」

円也は薄笑いを浮かべた。

「ところで、武田信玄、まことと上洛する気であろうか。甲斐からはいかにも遠いぞ」

思案するように光秀は腕を組んだ。

円也もうなずく。

「興福寺の多聞院英俊殿の言葉がある」

光秀は越前の興福寺領を管轄する光明院を手伝っていた頃に耳にした英俊の言葉を思い出した。

「英俊殿はかつて、上洛を遂げ天下に号令する者として三人を挙げておられた。すなわち、甲斐の武田信玄、越前の朝倉義景、そして尾張の織田信長……。英俊殿は申された。この内、甲斐は都から遠すぎる、朝倉は気概に欠ける、となると信長ではないか。英俊殿の慧眼には怖れ入る」

光秀の話を受け、

「なるほどのう。気概に欠ける朝倉と都からは遠過ぎる武田に、天下を掌握せんとする信長は苦しめられるというわけじゃな」

円也は言った。

「英俊殿の見立て通りだと思うぞ。朝倉義景は果敢に自ら攻撃に出ようとはせぬ。そんな大将では信長公を倒すことはできまい。また、甲斐は遠い。甲斐から軍勢を率いて、都までの途中、徳川領を進み、尾張、美濃の織田勢を駆逐して都に達するとなると、どれほどの損耗と日数を要することやら」

光秀の見通しを、

「率いる軍勢の数にもよろうな。武田はどれほどの軍勢を率いるであろうな。総力を挙げるとなると、二万五千、いや、三万か」

円也が返すと、

「三万を率いるとなると、相当な備えをしてきたに違いない。信玄は信長公と手切れをし、合戦に及ぶこと、ずっと以前から考えておったのであろう。義昭公は相当前から信玄を誘っておられたのだ」

「食えぬお方よな」

円也は笑った。

「困ったお方よ」

光秀は苦虫を嚙んだような顔になった。

「信玄、三万もの軍勢を率いるとなると、それなりの果実を欲するであろう」

円也の問いかけに、

「むろんのことじゃ。狙いは……」

「管領か副将軍か。いや、信玄は信長と同じく、実利を求めるであろうな。となると、領土じゃ」

光秀はうなずき、

「徳川領、特に遠江は先頃、領有した駿河に隣接する。信玄なら喉から手が出る程に欲しいところであろう」

「そうなると、余計に上洛には日数がかかるな」

円也は顎を掻いた。

「そういうことだ」

光秀も思案をした。

次いで、

「いずれにしても、朝倉には越前に帰ってもらわねばな」

「その通りだ」

円也が応じたところで、前波が入って来た。

「前波殿、不安に駆られたか」

光秀が問いかけると、

「いや、最早後戻りはできませぬ。それよりも、それがし、武田が動くとなると、余計に朝倉から寝返ってよかったのだと思っております」

前波は言った。

「ほほう」

光秀は話の先を促した。

「そんな大事を、それがしは知らされておりませんでした。それがしがいかに朝倉家中から疎んじられておったのかということがよくわかったのです。それがしは朝倉に居場所はないと確信しましたぞ」

かえって前波は闘志を燃やした。

「よくぞ、申された」

光秀は一安心した。

六

その三日後、一乗谷の諏訪屋形では、

「吉報じゃぞ」

齋藤兵部少輔が声を弾ませ居間へと入って来た。

喜びの表情を浮かべていたが居間に来栖が座しているのを見ると、一瞬表情を強張らせた。

庭で控えていたのが、いつの間にか部屋に呼んでいる。もちろん二人きりではなく、侍女が侍ってはいるが、流れ者を座敷に上げることに齋藤は不快感を抱いたようだ。

ところがそんな齋藤の気持ちなど斟酌（しんしゃく）することなく、小少将が言った。

「父上、吉報とは御屋形さまがお戻りになるのですか」

それは来栖にとっても吉報である。思わず笑みがこぼれそうになったのを堪えた。

「いや、御屋形さまのお戻りは今しばらく先になりそうじゃ」

齋藤の言葉に小少将の表情は沈み、

「なんじゃ、がっかりですね。吉報などと父上は偽りを申されましたのか」

「いいや、吉報じゃ。お味方は勝利する。織田を滅ぼす」

興奮気味に語る齋藤に小少将は首を傾げた。

「合戦をなさったのですか」

「これからじゃ」

「しかし、前波に続き富田も織田に奔ったそうではありませぬか。それで、悪鬼の如き信長に勝てるのですか」

齋藤は大きくうなずいた。

「公方さまの求めに応じ武田信玄が甲斐を出陣致す。上洛へ向け、大軍を西に向ける。つまりじゃ、御屋形さまと浅井とで信長を挟み撃ちにできるのじゃ。そなたは、軍略などわからぬであろうが、挟み撃ちにされたら信長はひとたまりもない」

来栖の胸に鋭い痛みが走った。

――遅かったか――

信玄が動くとあれば、朝倉義景は越前に兵を引くまい。もっと、早く帰陣させるべきだった。ほぞを嚙む来栖に、

「ほう、それはよかったですね」

小少将は喜びの顔を向けた。

「まこと、これで、御屋形さまは勝利間違いなしでござります。すると、年内のご帰還はござりませぬな」

という来栖の見通しに、

「そうなのですか、御屋形さまのお戻りは年を越すのですか」

小少将は不安を催した。

「まあ、そうなるであろうな。しかし、その時は戦に勝利しての帰還。凱旋されることになるのじゃ」

満面の笑みで斎藤は言った。

「では、お土産も沢山持参してくださるのですね」

小少将は笑みを深めた。

「そうじゃぞ。さしずめ、大きな土産とは……信長の首級じゃな。はははははっ」

膝を打って喜びの笑いを挙げる斎藤に小少将は顔を歪めた。

「信長の首なんぞ見たくありませぬ。それに、悪鬼の首を一乗谷に晒しては、一乗谷は祟られる。比叡山のように燃えてしまうかもしれませぬ」

「不吉なことを申すな」

斎藤は諌めたが、

「本当です。首を討っても一乗谷には持ち帰らぬよう御屋形さまに頼みます。それと、もっと素敵な土産をねだりましょう」

どこまでも暢気な小少将とは反対に来栖の胸には暗雲が立ち込めた。一刻も早く、円也に報せねば。

いや、焦ってはならない。

武田信玄が動くという大事が円也や光秀の耳に届かないはずはない。信玄の西上を見据え、朝倉の帰還を働きかけるだけだ。

気を取り直し、

「お方さま、御屋形さまの凱旋が待ち遠しゅうござりますな」

来栖は語りかけた。

「まことですね。そうとわかれば、それまで退屈な日が続くのう」

小少将は扇で口を覆い、あくびをした。

「これ、留守を守るのがそなたの役目ぞ」

齋藤は諌めたものの、

「退屈は退屈です」

甘えたような声で小少将は口を尖らせた。

「ならば、念仏踊りなど見物されてはいかがでしょう」

来栖が誘うと、

「たわけ、そのような不届きなものを」

齋藤はいきり立った。

しかし小少将は、

「念仏踊り、よいですね」

と、乗り気になった。


円也は越前の前波村に戻って来た。

大沼屋形近くの神社で円也党が集結した。一乗谷では一舎と茜を中心とした念仏踊りが流行している。そこかしこの神社、仏閣で朝から踊りが繰り広げられていた。朝倉義景不在の不安と緩慢さが交錯し、その憂さを晴らすかのように人々は踊りに没頭していた。

踊る内に、風紀が乱れ、若い男女が睦み合う姿が見られる。一舎は数人の女たちから誘われ、それをはぐらかしていた。

円也は来栖を呼んだ。

「小少将はどうしておる」

「父親の齋藤兵部が側につきっきりです」

「義景に戻るよう急かしても駄目か」

「早く戻って来て欲しいとの望み、一乗谷、前波の裏切りでその危機感は募ったようなのですが、武田信玄西上の雑説が齋藤の耳に入ったようで、齋藤は朝倉勝利を確信し、それがために小少将を宥めておりますな」

「信玄の動き、朝倉に多大な影響を与えておるものだな」

「中々、うまくいきませぬな」

来栖は苦笑を浮かべた。

「なに、物事は日々、刻々と変化を遂げるものだ。良いと思ったことが裏目に出たり、悪いことが好転をしたりする。潮目を見誤らぬようにせねばな」

「お頭が申されることはもっともだが、信玄が軍勢を動かして事態が好転するとは思えませぬぞ」

「今のところはな。しかし申したように、日々、事態は変わるものぞ。裏切り、寝返りは常のことであるからな」

円也は余裕を見せた。

「東風吹かばですか」

来栖は東の空を見上げた。

曇り空だが色なき風が吹く、戦乱の世とは思えないのどかな昼下がりである。

すると茜が、

「あれをご覧よ」

一方に視線を向けた。

高祖頭巾を被り、艶やかな着物を身に着け、狐の面を被った女たちがいる。その中の一人はひときわ艶やかな小袖を身にまとい、周囲からかしずかれていた。

「小少将か」

来栖は呟いた。

「小少将さん、退屈していなさるようだね。ほんと、我儘な側室さまらしいよ。狐顔に狐の面とはおかしいね。本当に女狐だ」

茜はおかしそうにけたけたと笑った。

「政次郎」

円也が声をかけるまでもなく来栖はゆるゆると小少将の方へ進む。自らも狐の面を被った。

長い手を巧みに動かしながら小少将に近づく。小少将を守っていた女たちが壁を作った。来栖は狐の面を外し、微笑みかけた。小少将の身体が前後にふわりと動いた。

小少将も面に手を伸ばしたが、

「いやいや、どなたかは存じませんが、狐面の女性、束の間の踊りに興じようではござらぬか」

来栖はそれを止めて誘いかけた。

小少将はうなずき、来栖に伴われて踊りの輪の中へと入ってゆく。侍女たちもついてきた。踊りに加わることに躊躇いを示していた小少将であったが、来栖の誘いがきっかけで輪に加わることができ、楽しげに踊りを始めた。

侍女たちも笑い声を上げている。

来栖は狐面を被り、ひときわ大きな動作で踊り始めた。

「さあ、もっと、大きく手を動かしなされ」

来栖が声をかける。

「こうかえ」

小少将はやって見せた。

「その調子です。いや、実にお見事じゃ」

来栖は誉め上げた。

小少将ははしゃいだ声を出し、念仏踊りに夢中となった。

風に湿り気を感じる。頭上に覆いかぶさるような分厚い雲が黒ずんできた。今にも雨が降ってきそうだ。

すると、銃声が轟(とどろ)いた。

しかし、念仏踊りに高じている民は踊りの手を止めない。爆竹が鳴ったとでも思っているようだ。

が、それも束の間のこと。馬の蹄(ひづめ)の音、いななきが近づき、女たちの悲鳴が上がった。続いて、馬を駆った野伏せりが襲撃してきた。円也が雇った野伏せりたちで、ほんの脅しをかけるだけだが、そんなことは知らない小少将が恐怖に立ち尽くしてしまった。素早く来栖は背中に庇(かば)いながら松の木に繋いだ馬へ向かった。

雨粒が落ちてきたと思ったらあっという間に本降りとなった。

七

小少将を馬の背に乗せ、畦道(あぜみち)を疾駆した。震えていた小少将であるが、やがて落ち着きを取り戻す。

が、雨脚は強くなるばかりである。風もふきすさび馬がいないた。来栖は目についた御堂へと馬を乗り入れた。馬を松の木に繋ぎ、

「さあ」

と、小少将を手を貸して馬から下ろし、そのまま抱き上げる。御堂の階に抱いたまま上がり、御堂の観音扉を開けると小少将の身をそっと横たえた。

「狐の女性、しばしの雨宿りでござりますぞ」

来栖は言った。

小少将はこちらを向いた。

「濡れた着物を脱がれよ」

来栖は自ら着物を脱ぎ、下帯一つの裸体となった。

小少将は恥らっていたが、やがて狐の面を外そうとした。それを、今度も来栖は止めた。小少将は狐面をつけたまま着物を脱いだ。面をつけていることが大胆にさせたのか、狐が乗り移ったのか小少将はあられもない姿となった。

来栖を迎えるように両手を広げた。

稲光が走り、純白の小少将の裸体を浮かび上がらせた。狐面に全裸の女、まさしく一匹の女狐がいた。

事を終え、気だるい身体を二人は横たえていた。格子の隙間(すきま)から日輪が差してきた。

「よき日和となりましたな」

「まこと……」

「今頃、御屋形さまは合戦の最中でありましょうかな」

来栖が言うと、

「それを申すか。来栖は意地が悪いのう」

小少将は蠟(ろう)のような白い肌を日輪に艶めかせた。

身支度を整えながら、

「来栖は悪しき者ゆえ、御屋形さまがお戻りになられたら、成敗をしてもらわねばならぬな」

小少将は来栖の胸を指で突いた。

「狐面の女性、お心は近江の地にございますな」

「どうして、そのような意地の悪いことを申すのじゃ。まこと、来栖はのう」

「物騒でございますゆえ、これでは、民もうかうかとは踊りに興じておられませぬな」

真顔で来栖は言った。

「まことじゃのう。御屋形さまがおられぬとは、やはり、物騒なものじゃな」

「早く戦が片付くことを願っております」

「全ては信長が悪いのじゃ。信長という男、他国を踏みにじり、我が物としたがる。

まこと、欲深き者。おお、そうじゃ、比叡山を焼いたそうではないか。御仏も殺すとは、鬼じゃな。そのような者と戦などせずともよいのじゃ。越前は豊かな国ぞ」

小少将はひたすらに嘆いた。

「世の中には、とにかく戦が好きな者がおりますでな」

「来栖も戦が好きか」

「いいえ、嫌いでございます」

「強いのにか」

「罪もない者を斬るのは嫌なものです」

「合戦で手柄を立て、恩賞に与(あずか)りたいとは思わぬか」

「戦乱の世ですから、合戦に出かけるのはやむを得ないと存じますが、できれば、戦場ではなく、田畑など耕しながら暮らしたいものですな」

「ならば、わらわに仕えよ。御屋形さまにも願ってやるぞえ」

「かたじけのうございます」

慇懃(いんぎん)に頭を下げる。

「今日はよき日であった」

感慨深げに小少将は言った。

その日の夜、円也は配下を集めた。

嵐が過ぎ去り、澄んだ夜空を星影が彩っている。

一乗谷の根城とした閻魔堂である。一舎、茜、妙林坊、そして来栖政次郎が顔を合わせた。

「来栖がうまいこと、小少将の懐に飛び込んだぞ」

円也が下卑た笑いを浮かべた。

「さすがだね」

茜も手を叩いて笑った。

「あとは、小少将に朝倉義景が帰ってくるようにねだらせるのだ」

円也は来栖に言った。

すると茜が、

「でもさ、来栖さんが小少将に気に入られたらね、小少将は義景さんに帰って来て欲しくないんじゃないかしら」

「そうだ、かえって逆効果でしょう」

妙林坊も危惧した。

「さてさてどうするのかな」

一舎は高みの見物とばかりに腕を組んで来栖を見た。

来栖は事もなげに答えた。

「小少将にもっともっと気に入られようと思う」

「へえ、こりゃ、驚いた。来栖さん、開き直ってしまったよ」

茜は呆れたように笑い声を放った。

円也はにんまりとした。

「そうじゃ、もっと、気に入られよ。夜といわず、昼も朝も来栖政次郎がいなければ我慢できないと言わせるくらいにな」

「お頭まで何を言うんだよ。そんな風になったら、小少将は義景さんに帰れなんて言わないよ。ずっと、来栖さんとねんごろでいたいんじゃないの」

茜の考えに同調するように妙林坊は首を縦に振ったのだが、一舎と円也はにやにやとしているばかりだ。

「もう、なんだよ、どうしたんだよ」

茜は焦れた。

すると円也が、

「悋気じゃよ。女の焼餅よりもじゃな、男の焼餅の方が始末に悪いでな」

これを来栖が受け、

「朝倉義景に嫉妬させるのだ。むろんのこと、拙者とて大っぴらに小少将と密通には及ばぬ。だがな、こうした事というのは漏れるものだ。そして、漏れた方が効き目がある。噂、告げ口となって小少将が拙者と密通に及んでいることが義景の耳に入った方がよいのだ。すると、義景は気になって仕方がなくなるものだ。義景の小少将への溺愛ぶりは尋常のことではござらぬからな」

「なるほど、そういうことか。さすがは、来栖さんだ」

茜は感心した。

「小少将は来栖に任せるとして、他に義景が撤兵をさせる口実が必要だな」

円也は一同を見回した。

ここで一舎が、

「義景の重臣、景鏡を動かせばいいんじゃない」

「その通りだ。義景は小少将が気になって仕方なく、早く帰りたいだろうが、口実が必要だ。愛妾の浮気が心配だからとは言えまいからな」

一舎の言葉を円也が受ける。

「すると、景鏡を動かすに限るね。朝倉の軍勢を取り仕切っているのは景鏡だからね。景鏡の本拠は大野郡だよね。大野郡で念仏踊りをやって、領民たちを惑わせようか」

楽しそうに一舎は身体を揺らした。丸めた頭が月光を受け、蛍が飛びかうようだ。

「それがいいよ」

茜も賛同する。

「念仏踊りで領民を腑抜けにさせ、刈り取った稲を盗んでやろうか」

一舎は興に乗った。

「おまえたちに任せる。うまいことやれ」

円也は協議を終えた。

八

十月になり、円也は近江横山城の光秀の陣に戻り、越前での工作を報告した。

光秀は無表情で聞く。

「それで、朝倉義景は越前に帰るか……朝倉はよいが……」

光秀は不安を示した。

「信玄が気になるのか」

円也が問いかけると、

「信玄の動きが不気味だ。予想を超える、軍勢の進め方なのだ」

光秀は言った。

武田勢は四天王の一人、山県昌景を先鋒とした三千が天竜川に沿ってくだり、別の一隊は木曽路から美濃に向かっているそうだ。

「信玄、徳川領に向かいつつ美濃にも攻め込んだのか」

これには円也も意外であった。

「すると、美濃を一気に攻め落とそうというのか」

円也も危機感を抱かざるを得ない。

「信玄の狙い、徳川領を奪うに非ず。織田領、いや、やはり、上洛ということか」

光秀は自分の読み違いを呪った。

「信玄が美濃に侵攻するとなると、浅井、朝倉は決戦に挑むかもしれんぞ。虎御前山の陣を蹂躙する」

円也は言った。

「どうすればよい」

光秀は苛立った。

「腹を括るしかあるまい」

円也が応えたところで、信長から呼び出しがあった。


光秀が信長の陣に入ると、みな、口を閉ざしている。

秀吉は浅井、朝倉の侵攻に備えて虎御前山に踏み止まっていて不在だ。一同には、武田信玄の先鋒山県勢が遠江、三河を目指し、別働隊が木曽路から美濃に向かっていることが知れ渡っていた。

「いかにするかじゃ」

信盛が一同を見回した。

信長は表情を消して正面を見据えている。

信盛は続けた。

「武田勢、木曽路より侵攻し美濃を目指しておる。この武田の動きに浅井、朝倉が呼応するのは必定じゃ」

ここで勝家が、

「それなら」

と、立ち上がり盾机の上に広げられた絵図を見た。

「どこで、浅井、朝倉と武田を迎え撃つかだ」

丹羽長秀が、

「まずは、小谷城を攻めてはいかがでしょう。木曽路から美濃に攻め込んだ武田勢を迎える岩村城は難攻不落の山城でござる。そう、やすやすとは落ちませぬ。徳川殿に援軍を願い、三千でも兵を振り向けていただくのです。さすれば、武田は一月は動けないと存じます。その間に小谷城を攻略すれば」

途端に信盛が、

「小谷城を力攻めしても一月で落ちるか。かりに強襲するとして、わが方にも甚大なる被害が出る。さすれば、武田勢を迎え討つことはできん」

「小谷城を攻略できずとも浅井と朝倉に損耗を強いればよいのです。我らは、適当な頃合を見計らい、軍勢を引き上げます。その際、浅井と朝倉に追撃させねばよろしいのです」

「適当な頃合とはいつじゃ」

信盛はむきになった。

「それは仕掛けてみなければわかりませぬ」

長秀も反発するように語気を強めた。

「頼りないのう」

信盛は失笑を漏らした。

それに対し、

「一気に兵を美濃に引き上げてはいかがでござろう」

勝家が提言した。

信盛はうなずいた。

「岐阜に戻るのですか」

長秀の問いかけに、

「岐阜には戻らぬ」

勝家は言うと床几を立ち、地図を指差した。

「関ヶ原に陣を敷きます」

と、関ヶ原の辺りに指を這(は)わせる。

「関ヶ原は狭隘(きょうあい)な盆地、信玄が上洛を目指す軍勢を挟み撃ちにできます。また、浅井、朝倉勢が西より攻めてきたとしても、山上に陣をとっておれば、その撃破もできる」

勝家は豪語した。

それに対し、

「わしは反対じゃ。武田勢を迎え撃つのは岐阜に限る。岐阜城に籠もり、武田勢を迎え撃つ。むろん、関ヶ原も重要な地であるのは間違いない。浅井、朝倉に備えて兵の五千を山上に配置しておくのが適当と存ずる」

信盛は反対した。

「この期に及んで、軍勢の分散はいかにも無駄でござるぞ、佐久間殿」

勝家はいきり立った。

「無駄とは何じゃ」

信盛も床几を立った。

「やめよ」

信長が右手を掃った。

信盛と勝家は信長に一礼して床几に腰を据える。

おもむろに信長は、

「信玄、このまま美濃の奥まで侵攻するであろうかのう。光秀はいかに思う」

「公方さまの要請に従って軍勢を発したのだとすれば、上洛ということになりましょうが、信玄は実利を取るような気がします」

光秀は答えた。

「実利とは」

信長は重ねて問うた。

「徳川領でござります。信玄は遠江に野心があるのではと考えます」

光秀は続けた。

「根拠は」

勝家が問いかける。

「これまでの信玄の戦ぶりを見ての判断です」

光秀は信玄がこれまでに行ってきた国盗りの経緯を語った。信玄は甲斐を中心に領国を同心円状に広げてきたことを語った。

「信玄は領国を広げるに当たりまして、奪いやすき土地を狙います。真っ先に狙ったのは諏訪でありました。その伝からしますと、狙うべきは遠江であります」

光秀の考えに、

「しかし、実際には美濃に攻め込んでおるではないか」

勝家は反発した。

「それは誘導であると存じます。あくまで狙いは遠江にあるのではと」

光秀が主張すると、

「ならば、我らはどうすればよいのじゃ」

勝家は苛立った。

「横山城に一部を残し、本軍は岐阜に戻るのがよろしかろうと存じます」

「美濃恵那から岐阜を目指すかもしれんぞ」

勝家は異論を唱えた。

「これ以上軍議を続けたところで答えは得られぬ。まずは、武田の動きを探れ」

信長が武田の動きに慎重なのは、未だ表面上は武田とは盟約を結んだ関係にあるからだ。しかも、信玄と謙信の和議を足利義昭と共に斡旋したのである。義昭の二枚舌にも呆れるが、信玄も信長に感謝しながら、平気で信長の領国を脅かすとは信じられない男だ。

すると、慌しく甲冑の鳴る音が聞こえた。

伝令である。

伝令は武田信玄が本軍を率いて甲府を出陣し、青崩峠から遠江に侵攻を開始したという。

「信玄の狙い、遠江を奪うことであるか。光秀の見込み通りということではないか」

信長が言うと、異論を唱えていた勝家も黙り込んでしまった。

信盛が言った。

「武田信玄の狙いが遠江としましても、遠江を奪い取ってから更に西に軍勢を進め、三河、尾張へ侵攻するかもしれませせぬぞ」

「その疑いがないとは申しません」

光秀も認めた。

「信玄の狙いが上洛ではなく遠江を奪うことにあるとしても、東からの脅威であるのは確かなことじゃ」

勝家の言葉に光秀もうなずいた。

ここで信盛が、

「これで、朝倉は越前に引くまいな」

「いかにもじゃな。明智、朝倉を越前に帰らせると請け負ったな」

勝家が光秀を攻め立てた。

「いかにも申しました」

素直に光秀は認めた。

「一向に越前に兵を引き上げる気配はないではないか」

勝家は続けて責め立てる。

「必ず、兵を引かせます」

光秀は繰り返した。

「口だけか」

勝家が嘲笑すると、失笑を漏らす者が出た。

「わたしは朝倉ばかりか武田信玄も甲斐に帰します」

「大きなことを申しおって……。そういえば、その方、殿を天下人にすると大言を吐いたな」

「申しました」

「異存はあるまいな」

「武士に二言はなし」

さらりと光秀は言ってのけた。

「よくも抜け抜けと……」

勝家はいきり立ったが、争っている場合ではないと自覚したのか、口を閉ざした。

重苦しい空気が漂った。

第四章　信玄謀殺

一

十月の半ば、円也は信虎と共に遠江、二俣（ふたまた）城までやって来た。二人とも網代笠（あじろがさ）を被り、墨染めの衣に金剛杖、首から頭陀袋（ずだぶくろ）を提げるといった勧進僧を装っている。頭陀袋に加え、酒を詰めた瓢簞（ひょうたん）も二人は持参していた。

肌寒い風が吹きすさび鉛色の空が広がる冬隣の時節を迎えている。

信虎とは島田楼でたびたび顔を合わせ、親密度を深めてきた。金を握らせ、甲斐もしくは武田相手に儲（もう）け話があると繰り返し聞かせて興味をかきたてた。甲斐や武田家中に繋（つな）ぎのある信虎に力を借り大儲けしたい、

「千貫を山分けしよう」

と、持ちかけ信虎をその気にさせたのである。

しかし、信虎が円也の誘いに乗ったと見せかけているのは明らかだ。本来の用件は、足利義昭の使いとして信玄に会うことである。信玄出陣が実現し、京都を出発するところ、都合よく円也から儲け話への協力を求められ、渡りに船とばかりに同道を承知したのであろう。

武田勢はさながら山崩れのような勢いで徳川領を呑み込んでいる。遠江の徳川方の城を落とし、二俣城を囲んだ。二俣城は天竜川と二俣川が合流する丘陵に築かれており、また、掛川城、高天神城と家康の本城である浜松城の中間に位置することから、徳川勢の連絡網を断ち切り、武田勢の補給路を確保するためにも落としておかなければならない軍事上の重要拠点であった。

二つの川が天然の堀を成しているため、攻め口は北東の大手口なのだが、そこは急峻な坂道である。

夕刻近く、遠巻きに城攻めの様子を眺めながら信虎が言った。

「さすが中根正照、家康の嫡男信康の家老を務めるだけあって、しぶといのう。城に籠るのは千余りか。対して、武田勢は三万を号しておるな」

戦場にあって、信虎はこれまでとは打って代わった沈着冷静さを見せた。

信玄は先鋒を任せた馬場信春の軍勢と合流して二俣城を囲んでいる。

「天然の要害を頼っても、家康の来援がなければ持ち応えられるものではない。持って、あと五日程か」

信虎の言う通りだろう。

「当然、中根は家康の援軍を待っておるでしょうが、家康勢は精々、八千。武田に挑むことなどできませぬな。信長を頼りたいところじゃろうが、信長は岐阜を離れられぬ。二俣城は風前の灯。すると、次は浜松城ですな」

円也が言った時、ひときわ大きな銃声と怒声が飛び交った。薄暮の景色を震わせる鬨の声が上がる。二俣城から打って出た敵が砂塵を蹴立てて武田勢に攻めかかる。

坂道の上手である利点を生かし、横に並べた丸太を転げ落とした。丸太に武田の雑兵が倒されてゆく。それでも、多勢の威で攻め上る。二俣城からは矢が射掛けられる。矢の餌食となった雑兵が坂から転げ落ちた。

しかし、歴戦の勇者揃いの武田勢はひるまず、竹束で矢をしのぐ。やがて、武田勢の反撃を待たず城門が閉ざされた。

武田勢は損害こそ微細であるが、唾を吐きかけられたようなものである。

　日が沈み、武田は犠牲となった雑兵たちの亡骸を並べた。十体程である。信虎は野原に座り、瓢箪に詰めた酒を飲み始めた。

　円也は経文を唱えながら亡骸を供養して回った。

「円也、おまえ案外生真面目じゃな」

　信虎にからかわれ、

「これでも、御仏に仕える身ですのでな」

　読経を止め、円也は返した。

「それより、千貫の儲け話はどうしたのじゃ。そろそろ、どんな具合に儲けるのか明かしてくれ」

　信虎は急かした。

「そう、焦らないでくだされ」

　円也は信虎の横に座った。

「わしは年寄りじゃ。目の黒い内に千貫を拝みたいのでな」

「ならば、申しますがな。武田信玄公に買ってもらいたい物があるのです」

「なんじゃ、それは」

「薬です」

「薬じゃと……どんな」

瓢箪を置き、信虎はいぶかしんだ。

「傷薬でござる。上洛を目指すとなると怪我人が多数出ましょう」

「じゃが、武田にもよき傷薬があろう」

期待外れのようで信虎は鼻白んだ。

「セイソ散をご存じですか」

円也は薬の名を告げた。信虎は目をしばたたいた後、

「耳にしたことがあるぞ。越前朝倉家秘伝の妙薬じゃとな。戦での傷、特に深手には利く、と。じゃが、朝倉家秘伝ゆえ、門外不出とも聞いておる。大変に効能を発揮すると評判ゆえ、全国の大名が手に入れたいと商人を越前に遣わしておるそうじゃが、目が飛び出る程の高値の上に、ごくわずかしか手に入らないそうじゃぞ」

驚いたように言った。

「わしは遊行僧。越前坂井郡長崎村にある時宗の寺院、称念寺に出入りしておりましてな、うまい具合に手に入るのです」

「ほう、そうか。じゃが、よく朝倉家が売りに出したものじゃな」

「朝倉家は織田との戦で台所事情が悪いようですな。織田との戦は、浅井の手伝い戦

ばかり、領地が増える見込みもなしとあって、目先の金を得ようとセイソ散を売りに出す者が出てきたのです。とは言っても、めったやたらと売りに出しては値が下がりますから、称念寺に出入りする遊行僧に預け、遊行先の金を持っていそうな大名に売り始めたわけですよ」

もっともらしい理屈をつけた法螺話を円也は展開した。

「なるほど。武田なら金はある、それに、打倒信長で朝倉とは盟約も結んだゆえ、高く買ってくれるということか。で、わしに仲介料として千貫を払うのじゃな。よし、わしが大量に買わせてやるゆえ、千貫といわず二千貫、三千貫ももらおうかのう。いひひひひ」

納得した信虎は下卑た笑い声を上げ欲を出した。

そこへ、一人の武者が近づいて来た。

日はとっぷりと暮れ、辺りを月明かりがほの白く浮かび上がらせている。

「御坊、兵どもの供養かたじけない」

武者は高坂弾正昌信配下の足軽組頭、遠藤平九郎と名乗った。

「わしとしたことが、敵の思惑を読めずに浮き足立ってしまった」

遠藤は悔いるように歯嚙みした。

「亡くなられたのは遠藤殿が連れて来られた方々ですかな」

「みな、甲斐の名もなき村の次男、三男でござるよ」

それを聞き、円也は立ち上がると熱を込めて読経を再開した。月明かりを受けた雑兵たちの死顔を見ていると僧としての責務が込み上がり、成仏せよと瓢箪の酒をたらしてゆく。

「御坊、ご丁寧にありがとうござる」

遠藤は礼を述べ立て、銭を払った。遠藤は討ち死にを遂げた兄弟にことの他、思い入れがあるようだ。円也はみなの髷を切り、筆で遠藤から名を聞いて、記していった。

「御坊には、すっかり世話になりましたな」

遠藤は酒ならありますと、円也を誘った。

陣が張られ、野営をしている中で酒盛りが始まった。二俣城への警戒は物見が立っているため大丈夫だという。

「お役目とは申せ、戦は辛うございますな」

円也が語りかけると、

「今回はどれくらいの日数がかかるのであろうな」

遠藤は夜空を見上げた。

煌々と冴えた月の美しさが戦の無慈悲さを際立たせている。

「武田さまは、上洛なさるのでござりましょう。街道では噂が飛び交っておりますぞ」

「京の都か……」

遠藤は呟いた。

「都に風林火山の旗が翻るのですな」

円也はにんまりと笑った。

「御坊は都に行かれたことはあるのですな」

遠藤に問われ、

「遊行して回っておりますからな。何度か立ち寄っておりますぞ」

円也は答えた。

「都は楽しゅうござろうな」

「住めば都と申すが、やはり、都は風情がありますな。戦乱で荒廃しておりましたが、信長公が公方さまを奉戴なさって上洛し、公方さまの御所を普請なさり、禁裏も修繕なさって、今のところ都は平穏に保たれております」

「都は遠いですな。これから、どれだけの合戦を重ねればならないことでしょう」

「武田勢の威勢をもてば、危惧するには及ばぬと存ずるが」

「そう、わしらも意気込んでおる。わが御屋形さまは強いですからな」

上洛するとなると、これからどれくらいであろう。半年は要するのではないか。半年経てば、そろそろ田起こしをせねばならないだろう。

「都に上る間、田圃は心配ですな」

「その頃には戻ってこられるのではないか。これまで、そんな長いこと戦に駆り出されたことはないからな」

「武田勢ならば、迅速果敢でござろう。疾きこと風の如しですからな」

円也は遠藤から離れ、読経を続けた。信虎も横で経文を唱え始めた。

円也と信虎は読経を終えると野道に腰を下ろした。

「信玄公は上洛の軍だということを下達しているようですな。兵糧の心配はないのですかな。現地で調達するおつもりなので……」

円也が問いかけると、

「晴信らしいのう。兵糧を調えるのを口実に愚図々々としておるのであろう。美濃から攻め込んでさっさと軍を進めればよいのじゃ。遠江なんぞ捨て置けばよいものを、この調子では半年で都に立つのは無理じゃぞ。これから、浜松城を落とし、三河に向かう。浜松城はいくら武田勢でも短期では落とせまい。三河に向かうまでに二月はかかるじゃろうて。その後に尾張に侵攻し、美濃を窺うつもりか。兵は損耗するぞ。武田勢がそれほどの長い期間と長い距離を軍勢を進めた例はない。ま、その方が、お主が売り込もうというセイソ散には都合がよいかもしれんがな」

戦場に立ち会って生き生きとした信虎は饒舌になった。

そこへ、茜がやって来た。

「おお、これは見目麗しき比丘尼殿じゃ」

途端に信虎がやに下がった。

「遊行先で知り合った比丘尼で茜殿です」

円也は信虎に紹介した。

「ほう、そうか。うむ。どうじゃ」

目尻を下げた信虎は一緒に飲もうと誘ったが、

「稼ぎ時であろうな」

円也が言うとそれはそうだと引き下がった。

茜は笑みを信虎に返し去っていった。

「ああ、そうだ」

円也は茜を追いかけ、酒の入った瓢簞を手渡した。

「これから、陣にもぐってくるよ。お頭、何を確かめてくればいいんだい」

「武田が本当に上洛するかどうかだな。雑兵では知りようもないであろうが、侍大将の一人にでも取り入ってくれ」

「信玄は上洛するんじゃないのかい。公方の頼みで軍を発したんだろう」

おやっとなって茜は問い返した。

「そこが測りがたい。これまで、武田は半年以上の長きの陣、都までの長き距離を移動したことはないからな。甲斐から都まではいかにも遠すぎるぞ」

「わかった。探ってみるよ」

茜は武田の陣へ向かって歩き出した。

円也は信虎の隣に改めて座り、

「信玄と競う上杉謙信は、十三年前、時の将軍足利義輝公の要請で越後から上洛をしておりますな」

と、語りかけた。

「確かに謙信は越後から上洛をしたが、途中、合戦をしながらではないぞ。将軍義輝公の命で、途中の一向宗徒、朝倉などは謙信に戦を挑まなかった。謙信も領土の拡大を狙わなかったから、戦をせずに都に達することができたのじゃ。今回、晴信は徳川の城を攻め落としての進軍じゃぞ。謙信の時とはわけが違う」

「ごもっともですな」

「とはいえ、晴信に都にまで達する気がないとしても、尾張まで攻め込んだなら、信長は存亡の危機を迎えるな。そうじゃ、お主、セイソ散、信長にも売り込んだらどうじゃ。高く買ってくれるぞ」

肩を揺すり、ひひひひと信虎は笑った。二本抜けた前歯の隙間（すきま）から笑い声が漏れ、気味の悪い音を奏でる。

「いくらなんでもそれはできんな。朝倉の合戦相手には売れぬよ」

「お主、案外義理固いのじゃな。でもな、銭、金に名前などついておらんぞ。武田なら甲州金で払われるゆえ、刻印でわかるであろうが、信長は金山は持っておらん。儲けろ。晴信が尾張、美濃を侵せば浅井、朝倉も勢いづく。伊勢長島の一向宗徒、南近江の六角の残党、摂津の三好義継、大和の松永弾正、そしてそれらを操る将軍家、信長は滅ぶじゃろうて。滅ぶ前に稼げ」

信虎は強く勧めた。

円也はほくそ笑んでから、

「ところで信玄公には、瓜二つの影武者がおるそうですな」

と、話題を変えた。

「臆病者の晴信ゆえ、戦場に出るのが怖いのじゃよ」

「重臣たちも見分けがつかぬとか」

「わしの目は誤魔化せぬがな」

再び信虎はひひひひひと笑った。

二

夜更け、茜は七人の比丘尼を連れて武田の陣中へと潜入した。熊野権現のお札を売り歩く。札を買う名目で兵士に買われる。

酒を飲み、博打（ばくち）に興じている連中の間を縫い、茜は侍大将の陣へと向かった。高坂弾正昌信の陣である。中年の武士が、

「おお、これは見目麗しき比丘尼殿じゃな」

と、赤ら顔を向けてきた。

「供養にいかがですか」

熊野権現のお札を見せた。武者はうなずき、

「中へ入れ」

と、茜を陣小屋に招き寄せた。

茜は陣小屋の中に入った。

「わしは、遠藤平九郎と申す」

律儀な男なのか遠藤は名乗った。

「まずは、酒でも飲もう。実はな、先ほど敵勢の誘いに乗せられ、功に焦ったわしは攻撃に逸り、雑兵どもを何人か死なせてしまった。遊行僧に供養してもらったところじゃが、このままでは寝られぬ。酒をつきあってくれ」

茜はうなずき酒を飲み始めた。

遠藤は疲れからかすぐに酔いが回ったようだ。それでも眠るまいと、茜の話に耳を傾けている。比丘尼は熊野権現の信仰を広めるため歌念仏を唱える。茜は美声で知られ、咽喉を振るわせると遠藤は目尻を下げて聞き入った。

「よき声じゃのう。まこと、美しき声音であるぞ」

遠藤の目が細まる。

茜は歌を止めた。

「美しいのは声ばかりですか」

茜は微笑みかけた。

「いや、見目麗しきと申したはずじゃぞ」

遠藤は茜を抱き寄せた。

茜は艶（つや）めいた声で歌うように念仏を唱えた。

遠藤の目がとろんとなった。口が半開きになり、茜を抱いた手がゆるりと離れてゆく。茜はそっと遠藤から身体を離し、遠藤の前に座った。

「遠藤さま、いつまでここにいらっしゃるのですか」

鼻にかかった甘い声で遠藤に問いかける。

夢見心地となった遠藤は、

「城が落ちるまでに決まっておるぞ」

「落城したら、何処へ行かれるのですか」

「次は浜松城だな。徳川家康の本城だ」

「浜松城が落ちれば、遠江は武田のものですね」

「そういうことだ。年内にも甲斐へ帰ることができよう」

呂律は怪しいが遠藤は聞かれるままに素直に答えた。

甲斐へ帰る……すると、信玄の目的は遠江を奪うことなのか。尾張どころか三河にも侵攻しないのかもしれない。

「三河へは行かないのですか」

合掌しながらも甘えるように茜が問いかける。

「ええ……ああ、三河……そうじゃなあ……」

遠藤の身体が揺れた。

船をこぎ始める。

「遠藤さま」

声をかけるが遠藤は返事をしない。

「ちょっと」

肩に手を置き揺さぶった。遠藤は酔い潰れてしまった。

「なんだい」

だらしないと茜は顔をしかめた。この後のことを知りたい。茜は遠藤の横に寝そべり、

「遠藤さま」

と、揺さぶる。

「う、うう」

唸り声が上がる。

「三河や尾張には向かわないのですか」

耳元で囁いた。

「う、うう、三河か」

寝言のように繰り返す。

「三河、尾張、都……」

「都……」

遠藤が口を開きかけた時、慌しい足音が近づいてきた。

「遠藤！」

荒々しい声が聞こえた。

「は、ああ」

眠気眼をこすりながら遠藤はむっくりと起きた。

「夜襲じゃ」

そこかしこから兵たちの声が上がる。またも二俣城から打って出たらしい。

「これはいかん」

あわてて遠藤は立ち上がった。

「またな、気をつけよ」

遠藤は合戦支度をし始めた。

「いいところだったのにね」

茜は陣小屋から出た。

兵士たちが忙しそうに戦支度をしている。その脇をすり抜ける。連れてきた比丘尼たちも大急ぎでやって来た。中には着物や頭巾が乱れている者もいた。

「動くな。各々の陣を固めておれ」

大将から声がかかる。

「うろたえるな。敵は小勢ぞ」

野太い声が飛び交う。

武田勢は落ち着いていた。奇襲をかけられた当初こそ浮き足立ったが、それも、ほんのわずかな時で各々の陣を固め、落ち着いた様子で敵勢を撃退していく。

「武田、強いね」

ため息混じりに茜は呟いた。

深夜、村外れの閻魔堂で円也は茜の報告を受けた。横で酔い潰れた信虎が鼾をかいている。

「遠藤某が言うには、浜松城を落とすのが武田の狙いということなのだな」

円也は確かめた。

「ううん、どうかなあ、肝心なことを聞く前に夜襲されたからなあ……遠藤は、浜松城を落としたら甲斐に帰るって聞かされていたのかもしれない」

「だがな、年内に甲斐に戻ることができるつもりでおった将や兵どもが、もっと先になると日延べをされたのなら、士気は著しく落ちるであろうな」

「そりゃそうだ」

「武田信玄の狙いとしては遠江をわが物にすれば十分ではないか。信玄という男は慎重だ。信濃平定に二十年も要したからな。駿河をわが物としたのは、今川が相当に弱ってからだ。そんな用意周到な信玄が短期の間に、遠江に加えて三河も自領にするとは思えんな。ましてや、尾張や美濃にまで進むとは考えられぬ」

「お頭の見込みが当たっているとしたらさ、やっぱり、浜松城が落ちたら甲斐へ引き揚げるんだね」

茜は納得した。

「遠江に守備の兵を残し、甲斐へ引き揚げるかもな。となると、信玄が浅井と朝倉に期待するのは信長の兵を小谷に引き受けさせ、織田からの援軍を遠江に送らせないためであろうな。となると、浜松城が落城せぬことを祈るばかりじゃな」

「家康って、戦上手なんだろう」

「そんな評判があるな。姉川でもずいぶんと奮戦したようじゃ」

「武田相手に二月や三月なら持ちこたえるんじゃないかな」

「浜松城は堅城じゃ。守りをしっかりと固めれば、三月は持つ。その間に、朝倉が越前に戻れば、信長は兵の一部を浜松城に向けられる。さすれば、武田は挟み討ちにされるのを嫌い、軍勢を甲斐に戻すかもしれぬ」

円也は見通しを語った。

「よし、十兵衛先生に知らせるよ」

力強く茜は言った。

円也は信虎と共に遠江に留まることにした。

三

十二月になった。

越前一乗谷の諏訪屋形はすっかり冬景色となっている。庭は真綿を敷き詰めたような雪が降り積もっていた。

庭に面した座敷で来栖政次郎は小少将と酒を酌み交わしている。障子を開け放ち、雪見酒を二人は楽しむ。濃い紅色地に三日月を描いた小袖に、草色の肩衣と袴という来栖は白雪にも負けない美丈夫ぶりを際立たせていた。

屋形では衆道好きの重臣方から鵜の目、鷹の目で狙われると噂されている。

「御屋形さまのお帰り、いつになるのでしょうね」

来栖の問いかけに、

「さあ、年を越すのでは」

目元をほんのりと朱色に染め小少将は答えた。

「思ったよりも時がかかっておりますすな」

来栖が首を捻ると、

「父の話では、武田が動きを止めておるとか。わらわには戦のことはわかりませぬが、武田信玄はまだ遠江だそうですよ。御屋形さまは武田勢が尾張に攻め込んだら浅井と共に美濃へ出陣なさるとか。ですから、当分帰ってきそうにないぞえ」

ゆるりと楽しもうと小少将は言い添えた。

「御屋形さまがお戻りになるのが待ち遠しいですな」

来栖が語りかけると、

「そうね」

小少将は気のない返事をした。

そこへ、

「昼間から酒か」

齋藤兵部少輔が入って来た。

「雪見酒ですわ。いかがですか、父上も」

けだるそうな声音で小少将は齋藤を誘った。

「来栖！」

齋藤は来栖を睨みつけた。

小少将がはっとなった。来栖は穏やかな笑みをたたえ齋藤を見返した。

「よくも、娘をたぶらかしおって」

齋藤が怒鳴ると、

「父上、何を申されるのですか。来栖はわらわを守ってくれておるのです」

小少将が庇い立てをすると、

「何が守っておるじゃ。御屋形さまの留守をいいことに、男妾になりおって」

「ひどい申されようですこと」

小少将は袖で顔を隠した。

「まことのことを申したまで。今ではこの屋形で知らぬ者はなし。とうとう、御屋形さまのお耳にまで達したのじゃぞ」

齋藤は真っ赤になって娘を叱責した。

「御屋形さまのお耳に……誰がそんなことを」

小少将はきっとなった。

「誰でもよい。こうしたことは耳に達するものじゃ。御屋形さまはまもなくお帰りになるぞ」

「まあ、そうなのですか」

「だから、こ奴の始末をつけねばならぬ」

齋藤は薄笑いを浮かべた。

「来栖を御屋形さまに推挙くださるのではござりませぬか」

小少将は懇願した。

「誰が推挙など」

齋藤は言うや、

「出あえ！」

と、叫んだ。

ばたばたと広縁を足音が近づき、座敷に数人の侍が入って来た。みな太刀を抜き、血走った目をしている。

「や、やめて」

小少将は叫んだ。

「斬れ！」

齋藤が命じると同時に来栖は小少将の手を摑み、勢いよく立たせた。小少将は口を半開きにした。来栖は小少将を抱き寄せ、脇差を抜くや首筋に突きつける。

侍たちの動きが止まった。

来栖は小少将を人質に取り、ゆっくりと座敷を出る。じりじりと侍たちが追いかけてきた。

来栖は侍たちに向き、

「座敷に戻れ」

鋭い声で命じる。

侍たちは齋藤を見た。齋藤は言葉の代わりに顎をしゃくり、座敷に戻るよう命じた。

「諏訪殿、さらば」

来栖は小少将を離し、庭に飛び下りた。

「待ってくりゃれ」

悲痛に叫ぶ小少将を横目に齋藤は、

「馬鹿め」

と、嘲笑を放った。

庭の木立の中からぞろぞろと侍たちが出て来た。太刀を抜き、雪を蹴立てて来栖に殺到した。

来栖は雪を蹴り上げた。

真っ先に挑んできた敵の顔面に雪が当たり、動きが止まる。すかさず来栖は敵から太刀を奪い胴を割る。

間髪容れず、来栖は群がる敵を斬り倒してゆく。輝きを放つ白雪が鮮血に染まる。怒声と悲鳴、血飛沫(ちしぶき)を上げながら敵は雪にまみれた。

庭を横切り練塀に向かう。

「逃がすな！」

背後から齋藤の甲走った声が聞こえた。

来栖は太刀を捨て、松の枝に飛びついた。次いで猿のような俊敏な動きで枝を伝い、練塀の屋根に立つ。

次いで庭を振り返り、

「さらばでござる」

と、朗々とした声で呼びかけると、懐中から鮮やかな金色の扇を取り出しひらひらと振った。雪晴れの中、ぴんと立った茶筅髷(ちゃせんまげ)と扇が光沢を放ち、艶やかな着物と相まって見惚れるような男ぶりである。

実際、思わず追っ手も動きを止めた。

来栖は扇を閉じ、松の枝を大きく揺らした。降り積もった雪が敵に降り注ぐ。

浮き足立つ敵を一瞥(いちべつ)し、大きく跳躍した。とんぼを切る寸前、憤怒の形相の齋藤の横で悲しげな小少将の顔が目に焼き付いた。

四

来栖の働きにより、嫉妬に狂った朝倉義景は軍勢を越前に引き上げた。年を越さない、十二月三日のことだった。悋気ばかりではなく、越前国内の治安の乱れが心配されてのことである。特に重臣筆頭の朝倉景鏡の所領、大野郡の乱れが著しい点が鑑みられたのであった。大野郡をかき乱していた妙林坊や一舎も大いに貢献したのである。

武田信玄は朝倉義景の撤兵を裏切りだとなじったが、気を取り直し十二月二十二日、遠江浜松城近くの三方ヶ原で徳川家康を完膚なきまでに打ち破った。徳川勢八千に織田の援軍三千を加えた連合軍は風林火山の旗に蹂躙されたのである。

朝倉勢が越前に引き揚げ、信長がほっと安堵したのも束の間だった。

武田信玄、恐るべし。

これまで以上の暗雲が織田家を覆った。武田勢は巨大な津波となって尾張、美濃を侵食する。岐阜城を囲む風林火山の旗がはためくのも時間の問題、正月にはそうなるのではと城下は不安と恐怖の声で満ち溢れた。

光秀の指令を受けた円也は信虎と共に武田勢に接触を試みた。しかし、武田勢の戦闘態勢は業火と化し、二人を寄せ付けなかった。急いで接触したいと逸る円也を信虎はなだめ、武田勢が動きを止めるまで待った。

迂闊に接触し、命を落としては元も子もないという信虎に円也は従った。接触を待ったのは、三方ヶ原で徳川と織田勢が千騎以上討ち取られたのに対し、武田の被害は百騎に満たなかったせいもある。セイソ散の売り込み時を見極めようと信虎の勧めを受け入れた。

三方ヶ原の戦勝後、武田勢は三河に侵攻、年が明けた元亀四年（一五七三）正月三日、野田城を囲んだ。

三方ヶ原では颪のように進撃した武田勢であったが、野田城攻めは慎重になり、二月になっても攻め落とせないでいる。三万近い大軍を擁しながら力攻めをしないのは信玄らしい慎重さだと思えるが、あまりにもゆっくりとした城攻めに信玄が鉄砲の流れ弾に当たったという噂が流れ始めた。

そんな最中、円也は武田の陣近くの寺院に一舎と茜を誘った。金を払って本堂を借り、酒を酌み交わしながら今後の進め方について討議をした。信虎は晴信に繋ぎをつけて来ると言って武田の陣に向かったままだ。

車座となり、

「信玄には影武者がいるだろう」

円也は茜を見た。

「何人いるのかはわからないってさ」

茜が返すと、

「ともかく、信玄のねぐらに入り込むしかないね」

一舎が続けた。

「茜の出番だな」

円也に視線を向けられると、

「任せておくれ」

茜は親しくなった高坂弾正配下の遠藤平九郎を利用すると考えを伝えた。

「比丘尼の中に信玄の好みがいればいいいんだけどね」

一舎は言った。

「なに、お気に入りがいなかったら、あたしが相手になってやるさ」

茜は目を輝かせ、本堂を出て行った。

「頼もしいのう」

円也と一舎は顔を見合わせた。

茜が去ってから円也は一舎に尋ねた。

「信玄の動き、どう思う」

「鉄砲で撃たれたという噂、本当かもしれないね」

一舎は明るく答えた。

「それゆえ、武田勢が野田城を動かぬとなれば、なるほど得心がゆくのだがな」

言葉とは裏腹に円也は半信半疑だ。

「あんな小城を落とすのに時がかかり過ぎているよ。遠江に攻め込んだ時の武田勢はまさしく風のように進み、火のように徳川の城を攻め落としていったじゃない。徳川家康を浜松城に籠城させずに誘い出して、鎧袖一触のもとに叩きのめしたのはまさしく信玄の真骨頂だったよね。せっかく徳川勢に大勝したっていうのに、三河に入った途端、林のように静かになり、山のように動かないんだもの。信玄の身に何かあったとしか思えないさ」

一舎の考えはもっともで、

「まさしくじゃな」

円也も同意した。

「鉄砲で撃たれたのかどうかはともかく、信玄が重傷か重病なんだったらさ、さっさと甲斐に戻りそうなもんだよね」

一舎は首を捻った。

「武田勢は山になった……か」

円也も答えがわからない。

「鉄砲で撃たれたのは影武者かもね。だから、甲斐に戻らない。でも、それなら野田城なんかさっさと落として尾張、美濃に進めばいいのに。東美濃の岩村城は武田の武将、秋山虎繁（あきやまとらしげ）が落としたんだからさ、信玄の本隊と一緒に岐阜を攻め落とせそうじゃない。それが動かないのはどうしたんだろうね」

少年の面影がなりを潜め、一舎は真顔で疑問を呈した。円也もうなずく。

「おまえの申す通りだな。信玄には何人もの影武者がおる。一人の影武者が死んだとて武田勢には影響はないはずだ。そのための影武者なのだからな」

「そうでしょう」

一舎も首を傾げるばかりだ。

武田信玄の意図がわからない。沈黙の後に円也が言った。

「やはり、信玄の目的は上洛ではなく遠江の地固めかもしれぬな。実際、遠江で落とした城の修繕をしておるようだ。野田城に陣を据えて遠江の家康に睨みを利かせ、美濃、尾張から来襲する織田勢に備えているのかもしれぬ」

「それなら、わかりやすいね。田起こしの時節が到来すれば、甲斐へと帰っていくかもしれないね」

「そうなると、わざわざ信玄を殺さなくてもよいのだがな……」

円也は思案をした。

「足利義昭さんは首を長くして待っているだろうね。上洛を催促する文を連日送っているんじゃないの」

一舎はおかしそうに笑った。丸めた頭が青々と照り輝く。少年のあどけなさが表情に戻った。

「信玄のことだ。しれっとした顔で義昭には明日にも上洛するような文をしたためておるであろうな」

円也は義昭の期待が大きいことにも疑念を持った。

「ともかく、茜姉さんの働きに期待しようよ、ねえ、お頭」

「まったく、馬鹿にしおって」

という怒声と共に武田信虎が入って来た。泥酔した信虎を数人の侍が送ってきた。侍たちは甲冑に身を固めた武田の武者だ。

「道有さま、今しばらくお待ちくだされ」

侍の一人がなだめたが、

「晴信は何をしておる。親不孝者めが。このわしが親不孝を許してやろうというのじゃぞ」

信虎は喚きたてた。

小粒金を何個か握らせ、侍たちは立ち去った。信虎は小粒金を掌に乗せ弄(もてあそ)んだが、やがて面白くなさそうにあぐらをかいた。円也と一舎は顔を見合わせにやっとしてから、

「道有殿」

と、声をかけた。

信虎は酔眼を向けてきた。目を細め、記憶を呼び覚ましている。一舎が念仏踊りを軽くやって見せたが、その場に寝転ぶと鼾を立て始めた。

二人はひそひそと、

「この老いぼれを使うぞ」

円也が言うと、

「それがいいよ。信虎なら信玄本人がわかるはずだものね」

一舎も賛同した。

円也もうなずいたところで、

「いや、待てよ、お頭。信玄が信虎を甲斐の国主から追い払って三十年の月日が流れているんでしょう。三十年も経てば面変わりもする。信玄は太ったたって聞くよ。いくら父親でも見分けがつくのかなあ」

「血を分けた親子だ。血は水より濃い……ということよりも、信虎は本物の息子かどうか見極める自信があるのではないか」

「だといいんだけど、この体たらくだよ。この老いぼれにわかるものかなあ」

一舎は酔って悪態を吐く信虎を見やった。

「武田は信虎を遠ざけておる。信玄に会わせたくはないのではないか」

「本物か影武者か見破られるからかい」

「そういうことだ」

返してから円也は信虎に声をかけた。背中を揺さぶり起きてくれと言う。信虎は大きなあくびをした。前歯が二本抜けた間抜けな顔を向けてきて、

「なんじゃ」

「いかがですかな、もうちょっと」

円也が酒を勧める。たちまち、信虎はやに下がり、

「ならば、お相伴に与ろうかな」

と、膝を進めてきた。

「随分と荒れておられましたな」

円也が問いかけると、

「伜(せがれ)……武田晴信めは勿体(もったい)をつけおって、わしに会おうとせん。あいつの親不孝は筋金入りじゃな」

信虎は悔しさと怒りで目を血走らせた。

「三十年ぶりの親子対面はかなわずですか。遥々都からやって来られたというに残念なことですな。せっかくの儲け話なのに……これは、信長に売りに行った方がよいですかな」

円也は信虎の欲を煽(あお)った。

「ふん、あいつは未だわしが怖いのじゃ。情けなき奴よ」

信虎は冷笑を放った。

一舎が、

「へえ、信玄さんでも怖いものがあるんだね。風林火山の大将が」

少しばかりふざけた。

信虎は顔を歪めたまま、

「あいつは、わしを怖がっておった。幼き頃はわしが一睨みしただけで、小便を漏らしおった。元服してからもわしと目を合わせる勇気もなかった。一言も逆らわず、従う素振りをしておったのじゃ。わしを怖がる余り、わしを甲斐から追い出したのじゃ」

「ほう、それは意外ですね。でも、そんなに怖がっていたのに、よく信虎さまを追い出したものですね」

一舎が首を捻ると、

「晴信はな、重臣どもに担がれたのじゃ。わしはな、万事に厳しい国主であった。新羅三郎義光公以来の甲斐源氏武田家中興の祖であるぞ。わしが甲斐を一つにまとめ上げたのじゃ。一つにまとめ上げるには相当に荒療治が必要じゃぞ。それをわしはやった。情け容赦なく、家臣どもを殺し、滅ぼしたこともある。五十人を超す家来どもを手討ちにしてもやった。それゆえ、家臣どもはわしを嫌い、恐れた。重臣どもはわしにいつ滅ぼされるか戦々恐々であった。それゆえ、重臣どもは担ぐ神輿を変えたかったのじゃ。自分たちの意を受けてくれる神輿にな」

信虎の目が据わった。

「若き日の信玄は重臣たちに担がれてきたんですね」

「まさしく傀儡じゃよ」

信虎は声を放って笑った。

ここで円也が、

「信虎さまを恐れるのは信玄ばかりか、重臣たちも同様だったのですな」

「そうじゃ。わしはな、身内からも家臣からも民からも恐れられておった。甲斐でわしを怖がらぬ者はおらんかった」

往事に思いを馳せたのか信虎は陶酔の表情となった。

「信玄は信虎さまを手にかけませんでしたな」

円也の問いかけに信虎は表情を厳しくし、

「そこが晴信の腰抜けたるゆえんじゃ。あいつはな、わしが怖くて怖くて仕方がなかった。追い出すのが精一杯、わしの命を奪うなど、そんな度胸など持ってはおらん。肝の小さな奴よ」

と言った。

「では、信玄は未だ信虎さまを怖がって会おうとしないのですかな」

「わざわざ老骨に鞭打って都からやって来たのじゃ、餓鬼の使いじゃあるまいに、会わずに帰られるものか。晴信とて、こんな所でのこのことしておる場合ではないのじゃ。一日も早く、上洛を遂げ、将軍家を助けなければならん。わしはな、甲斐を追われ今川に寄宿し、更に都に上ってより、足利将軍家の衰微に心を痛めてきた。甲斐源氏武田家こそが将軍家を盛り立てねばならぬ。この悲願ゆえ、晴信の親不孝を許してやるのじゃ。親不孝を水に流し、晴信めを都へ導いてやろうと意を固めてまいったのじゃ。将軍家もわしに期待し、使者に遣わしてくださった。今こそ、この武田信虎、一世一代の晴れ舞台に立つのじゃ」

信虎の表情と声音は輝きを帯びた。

「いやあ、聞けば聞くほど信虎さまの偉大さにわしも痺れますな」

円也の世辞に信虎は笑みをたたえた。

「お主、時宗の僧侶ゆえ全国を遊行しておろう。天下には信長の横暴を呪う声と武田信玄の上洛を待ち望む声が上がっておるのを耳にしておろうな」

「信玄公に期待する声は大でござりますぞ。それと共に、信玄公のまことの狙いは遠江、あわよくば三河まで……だと。上洛するつもりはないのではと疑いの声もあります」

円也は信虎の不安を煽り立てた。

信虎の目がきっとなった。次いで、苦々しげに唇を嚙み、

「民は敏感じゃのう。わしもそれを危惧しておる。晴信は将軍家からの上洛要請をいいことに大軍を以って出陣し、上洛するふりをして遠江と三河を手に入れたいのではないかとな……円也、そなたはいかに思う。構わぬ、存念を申せ」

不安にかられたようで信虎は表情を曇らせた。

「もし、信玄公が本気で上洛を考えておられるのなら、美濃攻めに兵の多くを費やし、一日も早く信長公の本拠岐阜を落とすと存じます。信玄公は大坂本願寺法主顕如（けんにょ）さまとは懇意にしておられます。顕如さまから伊勢長島の一向宗徒を動かしてもらえば、岐阜は短期間で落ちます。加えて浅井、朝倉と共に織田勢を挟み撃ちにするのも容易。近江を進み、都に向かえば三月とかからず上洛できましょう。今頃は都大路に風林火山の旗が翻っておったはず」

冷静な円也の考えに、

「お主の申すこと、まさしく軍略に適っておる」

武将の勇猛さをたたえ、信虎は受け入れた。

「ならば、信玄公は上洛する気はないということですな。遠江、三河を奪えば目的は達し、甲斐へ戻ると考えてよろしいのでしょうか」

それなら、信玄は信長の脅威ではなくなる。信虎の考えが正しいとは限らないが参考にはなる。

信虎は目をしばたたいた。

「そなたが申したのは、信長ならそうするであろうという軍略じゃ。晴信は武田勢を疾きこと風の如くと申しておるが、信長の方がよほど迅速じゃ。四年前の上洛、義昭公を奉じての上洛は岐阜を発ち、わずか一月余りで都周辺の敵を駆逐し、義昭公を将軍に就けた。そんな真似は晴信にはできぬ。晴信は臆病な男じゃ。大きな敵には向かわず、弱き者に襲いかかり、討ち勝ち、しかる後に大敵に対する。晴信の性格を思えば今回の西上は理に適っておる。まずは弱き家康を倒し、その後に強敵信長に挑むということじゃ。重臣どもに恩賞を与える領地、手っ取り早く奪える遠江がよいとも考えるであろうて」

なるほど、そういう考えもある。

遠江、三河を我が物にしてから上洛へ向け動き出すのかもしれない。

すると、信虎の目がどす黒く濁った。

「晴信め、こんな所でぐずぐずしておる場合ではないのだ」

賛同してから円也と一舎を見た。

「結局さ、どっちなんだよ。信玄、上洛するのかしないのか」

一舎は人懐っこい笑みを浮かべた。

信虎はむっとして、

「晴信に聞け」

と、吐き捨てた。

「じゃあさ、信虎さんが聞いてよ」

一舎の言葉に、

「じゃから申したであろう。あいつはわしを怖がって会おうとはせんと」

信虎は舌打ちをした。

「信虎さん、怖がられているって言うより嫌われているんじゃないの」

言いにくいことを一舎らしく無遠慮に言い立てた。信虎はしかめっ面となり、答えをはぐらかした。

「わしは将軍家の名代として、晴信の尻を叩くのじゃ」

一舎の言葉が堪えたのか、酔いに任せて気が大きくなってか、信玄に会わせようとしない武田の臣たちに腹を立ててか、信虎は将軍の使いから名代に自分を格上げした。

「将軍家の名代に会おうとしないとは、将軍家への非礼ですな」

円也は信虎を煽り立てた。

一舎も続ける。

「信玄さんも非礼だけどさ、将軍家の名代の役割を果たしていない信虎さんも責められるんじゃないの」

これには信虎は言葉を詰まらせた。

「だからさ、誰か仲介してくれる重臣はいないの」

「重臣どもはわしの頃より代替わりをしておる」

「滅ぼしたり、手討ちにしたんだものね」

辛辣な一舎に怒ることもなく信虎はうなだれた。今頃になって自分の不徳を悔いているようだ。実際、情けない顔となった。

「わが身の錆じゃ。先ほども申したようにわしは家臣どもを厳しく統制した。じゃによって重臣たちに追い出されたのじゃ。そんなわしと懇意にしておる者など……。ただ、信廉のみは」

信廉は信玄の弟である。信虎は幼い頃の信廉しか知らないが、甲斐を追放されて後も文のやり取りはしているそうだ。

「じゃあ、信廉さまを頼られたらいいじゃない」

一舎に言われても、

「何度も信廉に取り次げと申しておる。しかし、信廉は会おうとせぬ。おそらくは、晴信の意向を汲んでのことであろうて。困った兄弟よ。兄弟揃ってわしを怖れ、嫌いおって」

信虎は信廉の非難を始めた。

しばらく、方策を練るために三人は口を閉ざした。

それからおもむろに、

「果たして武田の重臣は一つにまとまっておるのかのう」

円也が疑問を投げかけた。

「風林火山の旗の下、岩のように堅い結束を誇っておるのではないのかなあ」

一舎が受けた。

信虎は首を左右に振り、

「いや、そうではないな」

と、呟いた。

円也がにんまりとし、一舎も楽しげに目をしばたたいた。

「晴信は嫡男の義信を殺した。その時、武田の重臣どもは大きく揺れたはずじゃ。後継者たる嫡男を情け容赦なく殺した晴信の仕打ちに納得できない者もおったであろう。義信の傅役、飯富兵部は武田の重臣の中でも優れた武将であるばかりか人望もあった。おそらくは飯富は義信を擁し晴信に叛旗を翻したのだろう。晴信に叛旗を翻したとは、晴信への不満が重臣どもの間に高まっておったということじゃ。その不満は今尚くすぶっておるやもしれん」

「それは信廉さんから聞いたんですね」

一舎が問うと、

「違う。信廉めは、武田の内情なんぞわしに知らせはせん。わしの考えよ」

信虎は自分の頭を指差した。おのが頭脳明晰さを誇っているようだ。

「面白そうだね。もっと、聞かせておくれよ」

一舎がねだる。

ふさぎ込んでいた信虎の表情が明るくなった。

「重臣どもが一枚岩ではないとわかるのは、義信に代わる跡継ぎを見ればよい。晴信の後、武田を継ぐのは誰じゃ」

勿体をつけ、信虎は一舎に問いかけた。

「勝頼さんでしょう」

答えてから、わかり切ったこと聞かないでよと一舎は言い添えた。

「勝頼は陣代じゃ」

信虎はふふふと薄笑いを浮かべた。

「陣代……」

一舎が首を傾げると、

「勝頼は勝頼の嫡男信勝の陣代、つまり後見役ということじゃ」

「へえ、それ、どういうことですか」

「勝頼は晴信が側室諏訪家の女に産ませた子じゃ。その側室の子を、晴信は義信を差し置いて跡継ぎにしようとした。それゆえ、武田重臣たちの反感を買った。飯富が義信を担いで謀反を企てたのはそうした背景がある。それゆえ、晴信は勝頼を跡継ぎに据えるのを遠慮し、信勝に家督を継がせ、勝頼を陣代としたのじゃ。いかにも腰抜けな晴信のやりそうなことじゃ」

信虎は信玄を嘲るのを忘れない。

「なるほど、そういうことですか。勝頼は息子の後見か……。それで、勝頼は満足なんでしょうかね。後見といっても、家来なんだものね」

一舎の言葉に、

「そこじゃ。勝頼めは、面白かろうはずはない。信勝を担ごうとする重臣どもとの間に隙間風が吹いておるかもしれんのじゃ。よって、勝頼に近づけば……」

信虎はにんまりとした。

「それは大いにあり得ますね」

一舎は円也を見た。円也も首肯し、

「ならば、勝頼に接触を図るというのはどういう意図があるのですかな」

「勝頼は不満を抱いておるはずじゃ。自分こそが武田家の当主にふさわしいと示したいじゃろうな。おそらくは上洛に消極的なのは重臣どもじゃろう。重臣どもにとって大事なことは武田の家と自分らの領地じゃからな。遠江、三河ならば、その領地を手柄として受けられるのが望み。しかし、上洛して将軍家を盛り立てるなど、喜ぶ重臣どもはおるまいよ」

声を上げ信虎は笑った。

「では、上洛を阻んでおるのは重臣たちだと、お考えか」

円也の問いかけに、

「わしはそう睨む。晴信の弱腰ではな、重臣どもの反対を押し切ってまで軍勢を西へと進める決断はできまい」

と信虎は答える。

「勝頼ならば上洛を目指すのですな」

信虎の考えを円也は確かめた。

「勝頼が今後武田家の当主となるに、上洛はまたとない好機じゃ。武田勢を率いて風林火山の旗を都に立てることができれば、自分こそが武田家の当主にふさわしいと天下に示すことができる。晴信とて、重臣どもの鼻を明かせると思うはずじゃぞ」

自信満々に信虎は断じた。

「それは面白い」

一舎は円也を見た。

円也はうなずき、信虎を煽る。

「信虎さま、ならば勝頼の陣へと参りましょうか」

「わし一人でもよいのだが、そうじゃな」

考える風に信虎は腕を組んだ。

「連れて行って欲しいなあ」

一舎は言った。

「物見遊山のつもりか」

信虎は渋面になった。

「風林火山の旗と一緒に踊り念仏を唱えながら都に行きたいね。だからさ、おいらも連れて行ってよ。信玄さんに会わせてよ。信虎さんのすごいところ、見せてよ。軍神武田信玄をびびらせる信虎さんって、本当にすごいよ」

あっけらかんと一舎は世辞を並べた。

「ふん、しょうのない奴じゃのう」

満更でもなさそうに信虎は頬を緩める。

「決まりだね、一緒に行くよ」

一舎は両手を打ち鳴らした。

「よかろう」

信虎は受け入れた。

五

明くる朝早く、円也と一舎は信虎と共に武田の陣へと向かった。

武田の雑兵が行く手を阻む。

信虎は、

「勝頼殿に取り次げ」

横柄な態度に告げた。

「なんだと」

血気にはやる雑兵は露骨に嫌な顔をした。

「早く、案内しろ」

居丈高に信虎が命ずると、雑兵をかき分け一人の侍がやって来た。逗留(とうりゅう)している寺に信虎を送ってきた男だ。侍は困り顔で、

「また、御隠居さまですか」

「今日は晴信に会いに来たわけではない。勝頼殿に会いに来たのじゃ」

「勝頼殿に……」

幾分かほっとしたように侍は答えた。

「そうじゃ。取り次げ」

横柄に信虎は言葉を重ねた。

円也が、

「よいではないか。我らは時宗の僧侶じゃがよき傷薬を持っておるでな。朝倉家秘伝の薬じゃぞ」

「そうよ。セイソ散と申してな、深手に特に効能がある薬じゃぞ」

信虎は言った。

「待たれよ」

侍は踵(きびす)を返した。

待つことしばし、

「勝頼殿がお会いになるそうじゃ」

侍の案内で勝頼の陣へと向かった。

勝頼の陣屋へとやって来た。

勝頼は二十八歳の若武者である。思ったよりも小柄だが甲冑姿に威厳がある。やや目が吊り上がり、透き通るような白い肌は、絶世の美女と評判だった母親諏訪御料人譲りであろうか。

板敷きの広間で勝頼は会った。信玄の父信虎と対するとあって上段の間には座らず、下段に座しての対面である。

信虎の斜め右後ろに円也、左後ろに一舎が座した。

信虎は勝頼を見るなり、

「母親似か」

と、言葉を発した。

意表をついた問いかけに勝頼は一瞬言葉に口ごもったが、

「母似だとは周りの者より言われます」

と、憮然(ぶぜん)と返した。

「晴信が跡継ぎにしたがったはずじゃな。晴信は諏訪の側室にぞっこんであったそうではないか」

ずけずけと信虎は言った。

勝頼の近臣たちははらはらとしているが信虎はおかまいなしに続ける。

「武勇の方は中々と聞いておるぞ」

一転して信虎は誉めたが勝頼は警戒気味に、

「まだまだでござる」

と、謙遜した。

「そうじゃ。おまえはまだまだじゃ。重臣どもはおまえを晴信の跡継ぎにとは考えておらん」

信虎はまたも無遠慮どころか勝頼を貶(おとし)めるような言葉を投げかけた。近臣たちが腰を浮かした。それを勝頼は制し、

「道有殿、いかにも厳しいお言葉ですな」

「もっと、厳しいことを申してやろう。そんなことじゃからな、息子を主君に仰がねばならんのじゃ」

度重なる暴言に勝頼もへきえきとした。

それでも我慢するように大きく息を吐き、

「道有殿、わしに会いたいとはわしを罵倒するためであったのですか」

勝頼は呆れるように問いかけた。

「いいや、むしろ逆じゃ。わしはな、勝頼殿が一角の大将じゃと思って励ましに参った。そして、勝頼殿にこそ武田家を継がせたいのじゃ」

信虎が言うと勝頼は、

「それはまた……」

言葉を濁らせ、より一層の警戒心を覗かせた。

「晴信は生まれついての腰抜けであった。むしろ、弟の信繁の方が見込みがあったのじゃ。あいつの方がわしの血を引いておったからな。勝頼殿は見込みがあるぞ。よいか、血というものはな、親から孫へと伝わるものじゃ。わしの孫たる勝頼殿こそが、甲斐源氏武田家の当主となるにふさわしいのじゃ。晴信の孫の信勝なんぞに継がせては滅ぶ」

声を大に信虎は言い立てた。

「道有殿のお言葉、肝に銘じまして武田家を盛り立てとうござります」

勝頼は軽く頭を下げた。

「それはどういう意味だ。信勝に代わって武田家の当主となるということか」

信虎の追及に、

「いえ、それは……」

勝頼は口ごもった。

「どうじゃ、その方ら。わしが申すこと間違っておるか」

と、信虎は近臣たちに問いかけた。

近臣たちは口を出すのをためらっていたが、信虎に強く促され、

「御隠居さまに、それがしも賛同致します」

「その方、名は」

「跡部(あとべ)勝資(かつすけ)でございます」

「おお、跡部の息子か」

満足そうに信虎はうなずいた。

「跡部、口を慎め」

勝頼は注意したが、

「いいえ、我ら勝頼さまこそが御屋形さまの後継にふさわしいお方と存じます」

跡部は主張してはばからなかった。

「めったなことを申すでない。今は、我ら一枚岩となって御屋形さまを盛り立てるべき時ぞ」

「ですから申し上げておるのです」

跡部は悔しそうに唇を噛んだ。それは、勝頼をないがしろにする重臣たちへの不満の表れのようであった。

「その方ら、勝頼こそが、武田家当主にふさわしいと言いたてよ」

信虎は強く勧めた。

近臣たちがうなずいたところで、

「勝頼、そなたも武田家当主にふさわしい振る舞いをせよ」

「わしは与えられた役目を懸命に尽くしております」

勝頼は言った。

「それでは、不足じゃ！」

信虎の鞭のような言葉が飛ぶ。

「では、何をすればよろしいのですか」

「上洛じゃ」

「上洛……」

「晴信が甲斐より大軍を率いて出陣をしたのは、将軍家の上洛要請に応じてのことであろう」

「それは……」

「ところが晴信のことじゃ。重臣どもの顔色を窺い、遠江、三河、せいぜい東美濃辺りに領国を広げればよいと算段を致し、そこで兵を甲斐に引くつもりなのではないか」

信虎が責めるように問いかける。

「父上のお気持ちはわしにはわかりませぬ」

勝頼は首を横に振った。

「そなたが、主導せよ。武田の軍勢を都へ向けるのじゃ。風林火山の旗を都大路に靡(なび)かせるのじゃ」

熱を込めて信虎は命じた。

跡部が大きく膝を叩き、

「それはよい。勝頼さま、まさしく、我ら武田、都に錦を飾りましょうぞ。都こそが新羅三郎義光公以来の武門の名門武田にふさわしい晴れの舞台でござる」

「跡部、よう申した。そうじゃ、都こそが武田家の晴れ舞台ぞ。信濃、甲斐の山野をいつまでも棲家としておっては甲斐源氏の名折れじゃ」

信虎が煽る。

「勝頼さま……」

跡部は決意を迫るように言った。

「しかし……」

勝頼は苦渋の表情となった。

「勝頼、わしはな、将軍家はもとより、朝廷にも根回しをし、武田の軍勢を導いておるのじゃ。心配はいらん。信長を滅ぼし、天下を取れ」

「天下を……」

勝頼の目には光が宿った。

「そうじゃ、天下じゃ」

信虎は語調を強める。

「おお……天下じゃ天下じゃ」

跡部ら近臣は騒いだ。

勝頼は唇を嚙んだ。

「どうした。怖気づいたか。晴信でもあるまいに。そなたはわしの孫ぞ。この武田信虎のな」

信虎は両目をかっと見開いた。

「しかし、重臣どもが何と言うか」

勝頼は躊躇いを示した。

それは、信虎の提案を魅力に感じている証拠であった。

「晴信は何処じゃ」

やおら、信虎は問いかけた。

「本陣でござる」

「そんなことはわかっておる。本陣の何処におるのじゃ。わしが、晴信を説得してやる。よいか」

信虎は頭陀袋から一通の書状を取り出した。それは将軍足利義昭の書状であった。

「義昭公はな、武田信玄と勝頼に上洛し、御所を守れと命じておられる。信玄を管領にするともな」

信虎は大風呂敷を広げた。

「管領……」

跡部は顔を輝かせた。勝頼は押し黙っている。

「都に立ち、将軍家を盛り立てるのじゃ。甲斐源氏武田家の誉れとなろうぞ」

信虎は勝頼に言う。

「しかし、父は……」

勝頼が言った途端に跡部は空咳(からせき)をし、近臣たちは嫌な顔をした。

「晴信はあてにならんじゃろう。晴信なんぞ、頼るな。勝頼、そなたが軍勢を率いるのだ」

「お爺さま、それはいくらなんでもできませぬ」

勝頼は信虎を爺さまと呼んだ。それについて異を唱える者はいない。

「勝頼、晴信のところへ案内せよ。わしが説き伏せてやる」

信虎は強く促した。

「いや、父は休んでおられるゆえ」

歯切れの悪い口調で勝頼は答えた。

「病んでおるのか」

信虎は勝頼から近臣に視線を流した。みな口を閉ざしている。

「鉄砲で撃たれたという噂が流れておるな。寝込んでおるのは、鉄砲傷ゆえか」

信虎の問いかけに勝頼も近臣も答えようとはしない。信虎はちらっと円也を見た。

待ってましたとばかりに、

「拙僧は越前坂井郡長崎村の称念寺より使わされてまいりました。朝倉家には秘伝の傷薬がございます。セイソ散と申しますぞ」

「セイソ散のこと、耳にしたことがあろう。深手に効く妙薬。全国の大名、垂涎の薬ぞ。高価で稀少じゃによって、滅多に手に入らぬぞ。どうじゃ。もし、晴信が怪我をしておるのなら、使ってみたらよかろう」

信虎の勧めに、勝頼は小さくうなずいた。

「ならば、参るか」

よっこらしょと信虎は腰を上げた。

円也と一舎も立つ。

「その者は」

跡部が一舎に向かい、ここにて待つように言ったが、

「これを使えるのは我らだけでござる」

一舎がもっともらしいことを正々堂々と言ったため、

「構わぬが、御屋形さまの居室に入るのは、どちらか一人にせよ」

条件付きで勝頼は許した。

六

勝頼に連れられ、一舎と信虎は陣屋を出た。

野田城内からは攻撃の様子がない。

「ふん、あんな小城にいつまで手を焼いておるのだ」

信虎は顔を歪めた。

「間もなく落とします」

勝頼は言った。

「晴信らしいのう。もう、一月以上囲んでおるぞ。ぐずぐずとしておるわ」

信虎は信玄を嘲りながら勝頼についていった。信玄の陣屋は禅寺であった。庫裏の奥書院が信玄の居室だそうだ。庫裏の前に円也が残り、一舎が信虎についていった。

円也は勝頼に厠は何処だと尋ねた。


書院の前には警護の侍が二人侍っていた。

勝頼を見ると一斉に頭を下げた。

「御屋形さまにお見舞いじゃ」

勝頼が言うと襖が開かれた。広い座敷の真ん中に寝床が敷かれ信玄らしき男が眠っていた。

勝頼について一舎と信虎が続いた。

信虎は枕元に座した。じっと、視線を信玄の顔に注ぐ。目を凝らし一心に見つめている。五十過ぎの初老の男に、三十年を隔てた記憶を辿っているようだ。三十年ぶりの親子再会となったなら、涙を誘う場面となるのであるが、武田信虎、晴信親子の場合、怨念や相克が燃え盛り、利害がそれらを超えるかどうかという生々しさで感動とは程遠い。

　勝頼が、

「まことの御屋形さまです」

　と、信虎に言い添えた。

　やがて信玄は何やらもごもごと口を動かしたと思うと、かっと両目を見開いた。

「晴信……」

　信虎は呼びかけた。

　信玄の瞳が信虎に向けられる。

「わしがわかるか」

　静かに信虎が問いかける。

　そして、

　信玄の口がゆっくりと動いた。

「父上……」

と、かすれるような声音が発せられた。

「久しいのう」

信虎は目元を緩めた。

信玄は無言だ。

信虎の両目が吊り上がり、

「晴信、こんなところで寝ておる場合か！」

老人とは思えない雷鳴のような怒声が発せられた。

「お爺さま、父は医師が煎(せん)じた薬で寝ておるのです。決して、ご自分の意思で眠っておられるのではないのです」

勝頼が横から言葉を添えた。

「うるさい。そんなことはどうでもよい。晴信、父が来てやったというに、寝ておるとは不遜ぞ」

厳しい言葉を信虎は投げかけ、蒲団を剝(は)がした。白絹姿の寝巻き姿の信玄は、もぞもぞとしていたがやがて身体を起こそうとした。それを勝頼が手伝う。

「晴信、上洛せよ」

信虎は命じた。

信玄は勝頼に支えられながらようやくのこと立ち上がった。

「上洛をせよ。将軍家はな、そなたの上洛を今か今かと一日千秋の思いで待っておられるのだぞ。それを、こんな所で愚図々々しおって」

信虎も立ち、信玄を睨みつけた。

信玄はぜいぜいと息を漏らし、立っているのがやっとだ。信虎は失笑を漏らし、

「勝頼、晴信の着物を脱がせ」

と命じた。

信虎を見返し勝頼は躊躇った。

「早くしろ」

信虎が苛立ちを示すと、

「御免」

声をかけてから勝頼は信玄の寝巻きを脱がせた。隆々と肉付きのいい上半身が現れた。右肩、胸に晒が巻かれている。

「背中を向けよ」

信虎は命じた。

信玄は無言で背中を向けた。やおら信虎は信玄の晒をはがした。

「お爺さま！」

勝頼が叫びたてた。

しかし、信虎は聞く耳を持たずに晒を取り去った。

信虎は目を凝らした。そして、やおら立ち上がると信玄の背中を蹴飛ばした。

「ああっ」

勝頼が絶叫した。

一舎も戸惑ったが成り行きを見守るしかない。

無表情だった信玄は恐怖におののき許しを請うた。

「うせろ！　偽者め」

信虎は怒声を浴びせた。

唖然とする勝頼に、

「晴信はな、背中に火傷の痕があるはずなのじゃ」

信虎は言った。

「へ～え、そうなんだ」

一舎も驚きの声を放つ。

二人に向かって、

「折檻をしてやったのだ。晴信はとんだ意気地なしでな、わしは晴信の性根を叩き直そうと焼き鏝でな、背中を焼いてやったのじゃ」

おかしげに信虎は笑った。

その火傷の痕が信虎にとっては本物の晴信を見分ける、まごうかたなき証なのであった。

「お爺さま……」

勝頼は絶句した。

「勝頼、そなたも安く見られたものだな。影武者を父と欺かれておったのじゃぞ」

信虎の言葉に、

「無念でござる」

悔しげに勝頼は顔を歪めた。

「やはり晴信は腰抜けじゃ。息子にも所在を教えず、こそこそと隠れておるのじゃ。そのような者が武田の当主でよいものか。呆れて物が申せぬ。無能で臆病、優柔不断、女々しい、卑怯な者が甲斐源氏武田の当主でいいものか」

と、信虎はありったけの言葉でわが息子を非難し罵倒した。

勝頼は拳を握りしめながらうなだれている。

「さて、帰るとするか。わざわざ、都から足を運んできてとんだ無駄足じゃった。都に戻り、公方さまに謝らなければならんな。まこと、無駄足じゃ。勝頼、公方さまに詫びを入れる。よってな、金を用意せよ。千貫も用意せよ」

信虎は命じた。

「承知しました」

悔しげに勝頼は返事をした。

「武田はお仕舞いじゃ。このまま信長に天下を取らせるか」

怒りが納まらないのか信虎は不満を爆発させた。

すると、奥の襖が開いた。

「父上、相変わらずお口が悪いですな」

男が入って来た。影武者と同じ白絹の寝巻き姿だ。海坊主のような男、これも信玄である。

「なんじゃ」

信虎は目を凝らした。

男は信虎の前に座すと、くるりと背中を向け寝巻きを脱いで上半身裸体となった。日輪が差す。背中にはくっきりと焼き鏝の痕があった。信虎の目元が緩んだ。

しばらく経ってから信玄は着物の袖に両手を通してからこちらに向いた。

「父上、お久しぶりでございます」

信玄は両手をついた。

「おお、晴信。なんじゃ、達者そうではないか」

信虎は機嫌を直した。

「わざわざ都からお越しくださり、ありがとうございます」

信玄が言うと、

「将軍家の名代としてやって来た。晴信、早く上洛せよ」

信虎は命じた。

「むろん、わしとて将軍家より上洛のご要請を記した書状を頂戴した。そのご意向に沿っての出陣でござります」

にこやかに信玄は答えた。

「ならば、何を愚図々々しておるのじゃ。そうそうに出陣せよ」

「父上、歳を重ねられてから益々気が短くなられましたな」

諭すように信玄は言った。

「のんびりとなどできるものか」

信虎は声を荒らげた。

「急いては事をし損じますぞ」

「それで、機を逸するか」

信虎は鼻で笑った。

「むろん、急いではおりますぞ」

信玄は余裕の笑みを漏らした。

「ならば、軍議を催せ」

信虎は主張した。

信玄は目を瞑ったままだ。

代わって勝頼が、

「父上、軍議を催すべきです。畏れ多くも将軍家からの上洛要請、それを無視してよいはずはございません」

「晴信、どうじゃ」

信虎が念押しをすると、

「わかった」

信玄は決断を下した。

「よし、軍議においてはわしが重臣どもにきちんと言って聞かせてやるぞ」

信虎が請け負うと、

「遠路遥々おいでくださった甲斐があったというものです」

勝頼は信虎に礼を言った。

「わしのお陰じゃ。なに、重臣どもなんぞ、わしにかかれば赤子の手を捻るようなものじゃ。易々と、従わせてみせるぞ」

信虎はすっかり興に乗っている。

勝頼は満面の笑みで、

「父上、お爺さまは、まことに頼もしゅうございますな」

「そうじゃな」

信玄は笑みを浮かべて勝頼を見返した。

「肩を揉みましょう」

「構うな」

信玄は右手を左右に振った。

信虎が、

「晴信、たまには息子との語らいを楽しめ。と、わしが言うのもおかしいがな」

と、苦笑した。

信玄は勝頼にうなずいた。

勝頼は立ち上がって、信玄の背後に回った。両手を肩に添えて、

「父上、凝っておられますな」

と、肩を揉み始めた。

信玄の目が細まり、心地よさそうに口元を緩めた。

「これは、かなり凝っておられますぞ。血の流れがよくないですな。血の流れをよくしましょう」

言うや勝頼は脇差を抜いた。

まったくの虚をつかれ、信虎が口を半開きにした。

勝頼は脇差を信玄の首筋に突き立てた。血飛沫が信虎の顔面に降りかかった。

「な、何をする！」

血で真っ赤に染まった顔を憤怒に歪ませ、信虎は怒声を放った。その間にも信玄は呻き声を漏らしどっと前に倒れた。巨岩の如き信玄に伸し掛かられ、

「勝頼、乱心したか」

信虎は信玄の下敷きになりながら手足をばたばたと動かした。

勝頼は立ち上がった。

障子が開き、どやどやと雑兵たちが乱入してきた。彼らは血の海で息絶えた信玄とのたうつ信虎を呆然と見下ろした。

勝頼と一舎は雑兵たちを蹴散らし表に出た。

そのまま寺の境内を横切る。その時、山門を警護する侍たちに、

「御屋形さまの寝間に狼藉者が忍び込んだぞ。はよ、向かえ」

と、怒鳴った。

兵たちは慌てて庫裏へと向かった。

勝頼と一舎は山門を出た。ここで勝頼は頭と顔面に手をかけた。鬘と髭を取り去り、勝頼から円也になった。

庫裏に入る際に、厠に案内させて入れ替わったのだった。勝頼は厠の前で失神しているだろう。

「お頭、これで役目は完了だね」

「そういうことだ」

円也は会心の出来であったと自画自賛した。

「茜はがっかりするだろうさ」

一舎は言った。

七

茜は遠藤の伝手で高坂弾正の陣屋に入り込んでいた。

酒を勧め、

「高坂さま、都に連れていってくだされ」

甘えたような声でしなだれかかった。

「都か」

高坂は遠くを見るような目をした。

「武田の御屋形さまはご上洛なさるのですよね」

茜は問いかけた。

「うむ」

と、うなずいてから、

「そなたは都に上りたいのか。都に行ったことはあるのであろう」

「都には何度も行ったけど、やはりね、頼もしい殿御と都大路を歩いてみたいのです」

茜は言った。

「都な……」

はぐらかすように高坂は杯を差し出した。

「御屋形さまは、怖いお方なんですよね」

話題を信玄に転じた。

「なんじゃ、比丘尼が御屋形さまに会いたいのか」

「武田信玄公はとってもお強いのですもの。女は強い男にひかれるものですよ」

茜はしなを作った。それから高坂の胸にしなだれかかる。

「これ」

高坂は身体を離そうとした。

「高坂さま、わたくしのことが嫌いでござりますか」

「何を申す」

高坂は苦笑した。

「やっぱりか」

茜は思わせぶりの笑みを浮かべた。

「なんじゃ」

高坂の表情が強張る。

「高坂さまは、女は駄目だって」

はすっぱな言葉遣いとなって高坂を責め立てた。

「なにを」

高坂の顔が赤らんだ。

「本当なんですね。こういう噂は広まるんですよ」

「なんだ。申してみよ」

「高坂弾正は信玄公の寵童であった。男妾であったため大将にしてもらったんだって」

挑発的な物言いをした。

「なんだと」

高坂はいきり立った。

「むきになったのを見ると、やっぱり本当なんでしょう」

茜は手を叩いた。

「おのれ、許さん」

高坂は立ち上がり、太刀を抜き放った。

「まあ、怖い。図星を指されたんで、すっかり都合が悪くなったんでしょう。ほんと、卑怯なんですね」

茜は高坂を見た。

「おのれ、言わせておけば。いくら、御仏に仕える身でも武者を愚弄するとは許せぬ。そこへ直れ」

高坂は太刀を掲げた。

「斬るならどうぞ。但し、その前に教えてくださいな。高坂さま、女は駄目なんですか」

艶然（えんぜん）とした笑みを茜は投げかけた。

「うるさい」

高坂は大きく太刀を振りかぶった。

「やっぱり、高坂さまは女は駄目なのね。よし、あの世で言ってやろうっと」

茜はけたけたと笑った。

高坂の全身が震えた。

「わしは……わしは、御屋形さまを心より尊敬申し上げておるのじゃ。心身共に忠義を捧げるのは当然というものぞ」

「それで、信玄さんからかわいがられて、侍大将にまで引き上げてもらったんだろう」

茜は高坂の心の傷を責めさいなんだ。

「忠義の証だ」

「信玄さんへの忠義一筋で女を絶ったの。それとも、元々、女には興味がなかったの。女が怖くて仕方がないんだろう」

「女子が駄目ということはないぞ。わしは、女子を恐れてはおらん」

「それなら、証を見せてもらいたいね。あたしを殺してごらんなさいよ」

挑むような目で茜は挑発をした。

「よおし」

高坂は暗く淀んだ目をした。

次いで、太刀を構え直した。

やおら、茜は頭巾を取り払った。黒髪がさらりと揺れ落ちた。

高坂の動きが止まった。

茜は妖艶な笑みを浮かべ、今度は法衣を脱ぎ去った。真っ白な裸身が高坂の目を射

る。茜は両手を広げ、

「高坂さま、わたしを極楽浄土へと導いてくださいな」

と、笑みを送った。

高坂はごくりと生唾を飲み込んだ。

「高坂さま、女など怖くはないと知らしめてください」

茜は挑発を続ける。

高坂の額に薄っすらと汗が滲んだ。

「どうです」

茜は誘うように小指を立てた。

高坂は太刀の切っ先を畳に突き刺した。それから獣のような目で茜に近寄ると身体を抱きしめる。

「高坂さま、無粋なものは」

脇差に茜は手をかけた。

「おお、そうじゃな」

高坂は脇差を鞘(さや)ごと抜いた。

次いで、鎧直垂(よろいひたたれ)を脱ぐ。

たちまちにして逞しい身体には下帯しか身につけていない。

「参るぞ」

高坂は茜を抱いた。そのまま襖を開ける。ふしどが敷かれていた。

「高坂弾正がどれほどの男か、思い知らせてやろうぞ」

高坂が言ったところへ、

「殿、一大事でござります」

家臣の慌しい声が聞こえた。

「何事ぞ」

高坂は立ち上がって部屋を出た。

茜は襖の陰に立って耳をすませた。高坂が家臣の報告を受けた。

「わかった。ただちに参る」

高坂は言った。

その日の夜、軍議が催されることになった。

信虎は軍議に出席することは許されなかった。信玄の死は秘匿され、下手人の追尾が行われた。高坂弾正は比丘尼が下手人の一味だと見当をつけ、比丘尼を片っ端から捕らえさせた。

しかし、茜を捕らえることはできなかった。

信玄が死んだせいか、武田勢は野田城を囲んだまま動かない。それでも、野田城は二月十日に落城した。このまま西に進むと思いきや、野田城の東北約二里半に位置する長篠（ながしの）城に入った。

そして、三月になっても動かず不気味な沈黙を保っている。三万近い武田勢は三河の地で巨大な山と化した。

第五章　天下人誕生

一

三月の二十日、武田勢はいまだ三河に留まったままだ。荷駄隊が尾張には向かわず信濃に発したという。西上は中止されたのだ。

円也は坂本城本丸御殿で光秀に報告をした。琵琶湖が見下ろせる座敷だ。湖面は白銀を散らしたような輝きを放ち、吹き込む春風が心地よい。

「ともかくも、武田は西上、少なくとも上洛はせぬということだな」

光秀は芽吹いた若葉を愛でながら問いかけた。ひとまず大きな危機が去り光秀の表情は柔らかになっている。

「いかにも。ただ、気になる。本物の信玄が本当に死んだのかということだ」

円也が呈した疑問は信長の危機をぶり返し、天下を揺るがすものだ。

勝頼になりすました円也が殺したのは本物の信玄だと信虎が見極めた。本物の信玄が死んだため武田勢は西上をやめ、信濃へ北上するのだろう。目指すは甲斐への帰国だろう。

だが、果たしてあれが本物の信玄であったのか。影武者であったのなら、今回の西上はなくとも、いずれ上洛に向け動き出すかもしれない。遠江、三河、東美濃の領地を拡大すればいいという目的は達し、次は上洛と信玄は考えているかもしれないのだ。兵の損耗はわずか。精強な武田勢は温存されている。

依然、信長は危機の中にある。

円也は信玄を謀殺した場面を思い出した。

信虎が本物だと断定した根拠……

背中の火傷痕が脳裏に蘇った。右肩から背中にかけて広がった赤黒い火傷の痕。

「……ああっ、影武者だ」

円也は舌打ちした。

光秀がはっとなり、円也を見返し、問いかけた。

「信虎が本物だと断じた信玄も影武者であったと申すか」

「本物の晴信だと信虎は自信満々に断じたが……わしは違うと思う」

「だが、火傷が本物であるまごうかたなき印ではないのか」

光秀はいぶかしんだ。

「その火傷の痕なのだが、幼い頃に負った火傷にしては妙に大きかった。おそらくは、信虎に備えた影武者であったのだろう」

円也の言葉に光秀はため息を吐いた。

円也は続けた。

「しかし、考えてみれば死んだのが信玄本人であろうと影武者であろうと、武田勢の上洛がなくなったのは動かぬ。ひょっとして日延べされたのかもしれぬが、足利義昭は大いに力を落とす。義昭ばかりではない。信玄を頼みとしていた浅井、朝倉、伊勢長島の一向宗徒、六角の残党どもも戦意を低下させるのは必定だ。義昭もしばらくは火遊びを慎むだろう。信長も安堵であるな。その点では今回の信玄謀殺は成功と言える。くどいが、たとえ影武者であったとしてもな」

考えが定まり、晴れやかになった円也とは反対に光秀の表情は曇ったままである。

「どうした、陰気な顔をして。信長の危機が去ったではないか」

笑いながら円也が問いかけると、

「いや、危機は残ったままだぞ。深く淀んだ澱となって残っておる」

光秀は言った。

「澱とは……足利義昭か」

円也の答えに光秀は大きくうなずいて言った。

「義昭公がおわす限り、信長公の基盤は固まらぬ。信玄は上洛せずとも、次は上杉謙信に上洛を要請するかもしれぬ。上杉謙信は義昭公の亡き兄君義輝公の要請に応じて上洛した実績がある。謙信めは戦国の世にあって義をかざしておる。本音かどうかはともかく、将軍に忠義を尽くすのを躊躇っては沽券にかかわると上洛に応じるだろう。体面を重んじる謙信ならば越後から都に軍勢を向ける。さすれば、浅井、朝倉は息を吹き返すだろう」

「なるほど、謙信ならば信玄と違って途中の越中や加賀、能登を自領に加えようなどと欲は出さぬな。越前の朝倉義景と共に速やかに上洛する。義昭は謙信に都や畿内から織田勢を駆逐させる。その上で、信長討伐の兵を挙げるということか」

円也は顎を掻いた。

「その見通しが外れればよいが、義昭公のことじゃ、信玄に上洛の意志がないと知れば謙信を誘う」

光秀は断じた。

「足利義昭を抹殺せぬ限り、信長の基盤は揺らいだままということだな。ならば、次に義昭を狙うか。義昭を殺すのが手っ取り早いし、確実だぞ」

新たな標的に円也は目を光らせた。

ところが光秀は微笑んで静かに首を左右に振った。

「どうした……」

「義昭公を殺めてはいかぬ」

「あからさまに殺されたとは思わせぬ。病で死んだと見せかければよかろう」

やらせろと円也は申し出た。

「駄目だ。時期が悪い。たとえ義昭公が本当に病にて亡くなったとしても、信長公の仕業だという風評が立つ」

光秀が答えると円也は苦笑を漏らし、

「京雀はかまびすしいからな。好き勝手なことを面白がってちゅんちゅん鳴くであろうよ。しかし、信長ならばそんなことは気にすまい」

しかし光秀は首を横に振り、

「信長公は案外と外聞を気になさるのだ」

「比叡山を平気で焼き払ったではないか」

「あの時も焼き討ち前に吉田兼和に南都北嶺が滅んでは王城も滅ぶかと問うておられた」

吉田兼和は朝廷の祭祀を司る神祇官で吉田唯一神道家当主である。信長は比叡山焼き討ちに際して、古来より王城を鎮護してきた南都、すなわち大和の興福寺、北嶺の比叡山延暦寺が滅んだら、王城も滅ぶか問うたのだ。

吉田兼和はそんなことはないと答えた。これに信長は安堵した。

光秀は続けた。

「比叡山焼き討ちはたとえ悪評が立とうが、それを上回る利が期待できた。延暦寺の莫大な所領、浅井、朝倉の砦とならないこと、それに朝倉の台所を支えている三国湊の商人どもに打撃を与える、など軍略上の大きな利があったのだ」

「なるほど、対して足利義昭を殺しても利はないどころか、三好や松永らと同様の天下の謀反人という悪評にまみれるということだな……それにしても、信長がそれほど世評を気にするとはな」

未だ半信半疑だ。

信長は何事にも迅速果敢、目的達成に向け微塵の躊躇もなく突き進むと思っていたのに意外な一面があるものだ。

「ルイス・フロイスが岐阜城を訪れた時、信長公は岐阜の城と屋形が南蛮や天竺にある建物と比べてどうかとしきりと気にしておられた」

「信長は日本ばかりか、南蛮に伝わる自分の評判を気にしておったということか」

「そんな信長公が、利にならぬどころか、謀反人の汚名を着る将軍殺しを望みはせぬ。加えて将軍を殺せば、幕府の近臣たちの心が離れもする。都や五畿内を治めるには幕臣たちの手腕が必要であるからな」

光秀は冷静に言い添えた。

「それでは、信長はこの先も義昭の後見に留まるというわけだ。武田勝頼は信勝の後見を嫌った。だから、武田家に亀裂を入れることができたのだ。信長は勝頼どころではない気性の激しさと誇り高さを持っておるとわしは思う。その信長が義昭の後見に甘んじられるであろうかのう」

そんなことはあるまいと内心で思いながら円也は疑問を呈した。光秀は小さく首を左右に振り、

「義昭公を都より追放する」

語調鋭く言った。

円也が応じたところで家臣が信長の来訪を告げた。

「さても、噂をすれば影であるな」

円也はからかった。

光秀はすっくと立ち上がると、

「信長公に腹を括ってもらおうかのう。腹を括ってもらわねば、わしが宣言した織田信長を天下人に押し上げる目的が、絵に描いた餅となってしまう」

信長が待つ広間へと向かった。

光秀が広間に向かうと、信長の小姓から信長は射撃場で待っていると告げられた。

その途端に銃声が耳に届いた。

光秀はにんまりとした。

射撃場で信長は鉄砲を放っていた。小袖を片肌脱ぎにして三十間離れた標的に向かって次々と鉄砲を放っている。小姓に弾込めをさせて、次々と忙しげだ。琵琶湖の湖面から驚いたように白鳥が飛び立った。琵琶の湖に白い花が咲いたようだ。

光秀に気づくと、

「放ってみよ」

いきなり鉄砲を放って寄越した。

しっかりと光秀は受け止め、標的に筒先を向ける。

じっくりと狙いを定め放った。

弾丸は標的の真ん中を射た。

信長は光秀の腕には無関心で、

「どうじゃ、その鉄砲」

と、問いかけてきた。

「命中の精度、威力が増しております。南蛮渡りでござりますか」

光秀はしげしげと鉄砲を見た。

「雑賀(さいか)の者どもが使っておる鉄砲じゃ」

信長は答えてから、雑賀の鉄砲を誉めた。

「これを上回る鉄砲を国友(くにとも)に作らせておる」

性急な信長のことだ。気に入ったものは何でも即座に手に入れずには気がすまないに違いない。

袖に手を通し信長は床几に座した。

その前で光秀は片膝をついた。

「武田は甲斐へ戻った。公方もこれでしばらくは大人しくしておろう」

信長は言った。

「まさしく、しばらく……でございます」

光秀が答えると信長は苦笑し、

「悪戯が見つかった餓鬼のように、その時は泣きべそをかいて大人しくなるが、時が経てば悪戯を始める、公方はそんなご仁であるな。のう、光秀」

信長の見る通りである。

光秀が答えるまえに信長は笑みを広げたまま、

「義昭公は、おれが公方に就けてやった時にはおれを御父と呼んだ。白々しい世辞、よもや本心ではなかったであろうがな……いや、本心であったであろう。あの時はな。念願の征夷大将軍に成れたのだ。おれに感謝し、流した涙は本物であった。あの時はな……」

しかしその後、政の実権を信長に奪われ、傀儡とされて不満を募らせたのである。信長から二度に亘って折檻状、問責状を送られ、将軍の権威を傷つけられ、悔しい思いをしているのだ。

「父であるからには息子の不行状を叱責しつつも、見放すわけにはいかぬな」

信長は自嘲気味の笑い声を放った。

案外、信長は本心を語っているのかもしれない。十七箇条の意見書も父親が息子を叱り、諭したのだ。信長にとっては不肖の息子、義昭にとっては煙たくて仕方がない父なのであろう。

「では、御父とされましては義昭公に灸を据え、それでお仕舞いになさるのですか」

責めるような口調で光秀が問いかけると、

「あのご仁の行状を見張るため、御所には目付を置くとする。それと、近臣どもを御所から追い出す」

という信長の考えに、

「それでは甘いと存じます」

光秀は静かに異を唱えた。

光秀の目を見据え信長は言った。

「そなた、おれを天下人に押し上げると申したな。それは公方を殺せということか」

「いいえ、三好、松永の轍を踏んではなりませぬ」

「では、幽閉するか。平清盛が後白河法皇を幽閉したように」

「幽閉もよろしくありませんな。必ずや不忠とする世評が広がり、それを是として義昭公を担がんとする者が現れます」

「ならば、どうせよと……」

「都よりの追放です」

「何処へだ」

「五畿内の外でござります。先のことは置いておきまして、肝心なことは、公方さまに兵を挙げさせる、謀反を起こさせるのです」

光秀は言った。

信長は首を傾げた。

「謀反を……将軍がおれに謀反するのか」

それが謀反になるのか信長は疑念を抱いた。案外と信長は伝統を重んじるところがある。将軍が無位無官の大名に兵を挙げたところで、謀反となるのかという疑念と躊躇(ためら)いを抱いているようだ。

二

「殿は公方さまへの意見書で禁裏への忠孝が足りないと責めておられます。禁裏ばかりか天下に対し静謐（せいひつ）をもたらさんとなさる殿に不忠なのでございます」

「実際、公方は禁裏を軽んじておるぞ」

「その通りです。ですから、公方さまは天下に対し謀反なさるのです」

「光秀の考えそうな理屈であるな。しかし、それを宣伝しただけで、世の民草どもは得心するであろうかな」

「世の評判が公方さまを悪もしくは無能、織田信長さまこそが天下の政を担うべき御方、真の天下人であると受け入れるように公方さまを動かすのです」

「そう都合よくいくのか」

信長は疑わしそうに目を凝らした後、まあよい、続けよと命じた。

「公方さまに兵を挙げて頂くのですが、一度は和議に及びます。そして、二度目に兵を挙げた時、今度は和議には応ぜず、都から出ていってもらうのです」

光秀の意見に、

「二度も兵を挙げるであろうか。公方はそこまでは馬鹿ではなかろう。手勢は知れておる。戦では勝てないのは承知であろう。戦を挑むとは思えぬぞ」

と、懐疑的な態度を信長は示した。

「ですから、公方さまに兵を挙げて頂くには挙げるにふさわしい味方がつけばよろしいと存じます」

双眸をかっと見開き、光秀は言葉に力を込めた。

「浅井、朝倉では頼りになるまい。となると、上杉謙信か」

「武田信玄です」

光秀の言葉に信長は目を見開き、

「信玄は甲斐へと向かっておる。そのこと、公方の耳に入らぬはずはない」

「公方さまには信玄が生きている、必ずや上洛の軍を催すと信じさせるのです」

「何か策でもあるのか」

「信虎を使います」

「信虎とて、信玄が死んだのを存じておろう」

信長は半信半疑の顔つきである。

「わたしは、武田信玄の謎を絵解きしました」

光秀は胸を張った。

「絵解きとな……」

信長はいぶかしんだ。

「武田信玄は、何故影武者を多用するのか。そして、影武者がいくら殺されても平気なのか。影武者とはいえ、易々と殺されていいものではございません。ところが、武田は影武者を使い捨てにしております。それが影武者の役目と言われればもっともなのですが、度が過ぎると思うのです。殺されても平気では影武者の意味がないのではありませぬか」

光秀は言葉を止めた。

信長の目が細まった。信長特有の鋭い眼光を帯び、眉間（みけん）に憂鬱（ゆううつ）な影が差した。光秀の指摘に興味を抱いたようだ。

「考えられることは……武田信玄はとうの昔に死んだのでは……いや、間違いなく死んだ、つまり、武田信玄はこの世にあらず、でござります」

光秀は断じた。

「ほほう、面白いのう」

目元を緩め、信長はにんまりとした。

「いつ死んだのかは推測に過ぎませぬが、永禄四年の川中島合戦の後かもしれませぬ。その時、信玄は謙信から斬りつけられたと巷間流布されております。その時の傷がもとで死んだのではないでしょうか。信玄は毘沙門天の化身、軍神と評判される上杉謙信と互角の合戦をしたことにより、武名が高まったのです。それまでは、北信濃の国人領主村上義清に二度も大敗し、板垣信方、甘利虎泰という重臣、将棋で申せば飛車と角のような武田家にはなくてはならない二人を死なせる失態を演じました。武田家中、信濃の国人領主たちに信玄を侮る気持ちがあったとしても不思議はございませぬ。それが謙信と互角に戦ったことで名将の評判を得た。そこで、武田の重臣どもは信玄が生きていることとして、影武者で武田家を支えてきたのです」

立て板に水の如き明快さで光秀は持論を述べ立てた。

「ありそうであるな……うむ。奇妙じゃ」

信長も光秀の考えを受け入れた。奇妙とは信長にとって最大の賛辞である。天下最強と評される武田の軍勢が、そのようなからくりによって作られたことに信長は気持ちを高ぶらせているのだ。

「ですから、嫡男義信は不満を抱き、謀反を企てたのではないでしょうか」

光秀の考えに異論を唱えず、

「ならば、いかがする」

信長は問い返した。

「ですから信虎を使います」

「老いても欲深き信虎ならば、役立てられそうであるな。よし、そなたに任せる」

「殿はいつでも軍勢を京都に送ることができるよう整えておいてください」

「よかろう」

上機嫌で信長は了承した。

光秀は本丸御殿書院に戻り円也と対した。

「円也、もう一働きだ」

光秀が言うと、

「望むところだ」

円也は満面に笑みを広げた。

「信虎を使うぞ」

「あの妖怪(ようかい)をどう使う」

円也はにやりとした。

「妖怪には使い道が多々あるものだ」

光秀は黄金十枚を円也に与えた。

「わかった。もらっておこう。で、信虎をどうすればよいのだ」

円也は問いを重ねた。

「信虎に義昭公を煽(あお)らせるのだ」

「信虎に義昭の尻を叩かせるのか。そりゃ、面白そうだな」

「いかな狂言とするかは円也に任せる。奇妙な狂言とせよ……と、信長公ならおおせだろう」

「十兵衛にしてはざっくばらんであけすけな頼みではないか。こいつは益々面白いな」

円也は肩を揺すって笑った。

「足利義昭というお方、相当に大風呂敷が好きだぞ」

「わかっておるさ」

「ならば義昭公好みの大風呂敷を広げるのだ。信虎にも餌を与えねばならんぞ。さもないと、ろくな働きをせぬからな」

「金十枚では不足だな。奴に約束した金千貫でもやらんとな」

円也は両手を広げた。

「よかろう。千貫で信長公を天下人に押し上げられれば安いものじゃ。信長公も出し惜しみはなさるまい」

光秀は肩を揺すって笑った。

三

明くる日、円也は都の遊郭島田楼にやって来た。信虎の座敷に顔を出す。信虎は酒を飲み、女の膝枕（ひざまくら）で寝ていた。円也に気づくと憤怒の顔を真っ赤にして起きた。

「貴様、性懲りもなく……よくもわしの前に顔を出せたものじゃなあ。よし、その首、刎（は）ねてやるぞ」

女が慌てふためきまあまあと信虎を宥（なだ）めてから、

「和尚さま、こちらどなたですか」

「こやつはな、憎んでも憎み切れぬ極悪人じゃぞ」

信虎が言うと女は怖いと身をすくめる。円也は、

「いかにも、わしは極悪人。さあ、出ていけ。さもないと巻き添えを食うぞ」

と、女に銭を渡して追い出した。

信虎は苦々しい顔をしてあぐらをかいた。

「何をしに来た。またわしを欺きに来たのか。舐(な)めるな。二度も騙(だま)されぬ」

「これはこれは口の悪いお方じゃ。もっとも、その元気があれば、一安心ですぞ」

「口も性根も悪いのはお互いさまじゃ。ふん、間抜けな爺じゃと笑いに来たか」

信虎は両目を吊り上げた。

「そう、怒らないでくだされ。これは、詫び賃です」

円也は金十枚を手渡した。

信虎の目が見開かれた。そっぽを向いて右手で黄金を摑(つか)むと迷うことなく頭陀袋に入れた。

「で、なんじゃ。こんなもので許されると思うなよ」

信虎は虚勢を張るように胸を張った。

「わかっておりますぞ。これはほんのご挨拶(あいさつ)。本当に信虎さまに差し上げたいものは別にある」

円也は瓶子を手に取った。

信虎は警戒心を見せながら杯を差し出す。

「千貫もくれるか」

信虎は鼻で笑った。

「むろんのこと」

即座に円也が受け請うと、信虎は目をしばたたいた。

「お約束したのですからな。しかと頼みます」

円也は強く念を押した。

「法螺も堂々と吹かれると腹も立たぬのお。それに、法螺も過ぎると酒の肴にもならんぞ。つまらぬ」

「いかにも法螺話でござる。ですが、わしは本気ですぞ」

「ふん、らちもない。おまえもわかったではないか。武田家の真相がな。とんだ茶番を繰り返しておるのじゃ。武田家には軍神信玄と風林火山の旗があればよいのじゃ。武田信玄は不死身じゃ」

苦々しげに吐き捨てた。

「いかにも。武田信玄は生き続ける。少なくとも、信勝君が元服するまでは幻の信玄が武田家に君臨することでしょう」

「ならば、わしの出番などないではないか」

「そうでもないですな」

強い口調で円也は断じた。

「貴様、何を企んでおる」

「将軍足利義昭公を抱きこむのです」

円也はにやりとした。

「ほう……」

信虎もほくそ笑んだ。

四

その頃、光秀は坂本城に細川藤孝を呼んでいた。

本丸御殿、天守閣の側に設けた茶室で光秀は藤孝をもてなした。

「武田信玄、甲斐へ戻りますぞ」

光秀が語りかけると、

「やはりそうですか。三河から信濃に向かったとは耳にしたのですが、まことなのでしょうか」

藤孝は慎重な物言いをした。

「信濃から甲斐に戻ってゆくでしょう」

「兄などは、信濃から美濃に転ずると申しております」

藤孝は半信半疑の様子で言った。

「東美濃の岩村城を攻め落とした武田の武将秋山虎繁と合流し、岐阜を攻め織田を蹴散らして近江から都に進むと三淵殿はお考えなのですな」

光秀の推測に藤孝はうなずいた。

「その通りです。実は朝倉義景殿より、上さまに書状が届きました。書状によりますと、上洛は五月になるとか」

「なるほど、五月ですか」

光秀は薄笑いを浮かべた。

「十兵衛殿、それは偽りだとお考えですかな」

藤孝の目が凝らされた。

「武田信玄一流の誘導でしょうな」

「しかし、朝倉と武田は盟約を結んでおりますぞ。朝倉が越前に兵を引き揚げたのを信玄は憤ったと耳にしました。朝倉は雪に閉ざされるのを嫌い、越前に戻ったと申しております。しかし、五月であれば越前から出陣できるのを見越し、信玄は朝倉に上洛を告げたのでございましょう」

「朝倉義景も信玄と一緒であれば織田を蹴散らし、上洛が出来ると踏み、上さまに書状を寄越したのかもしれませぬな。旧主を悪し様に申すのは見苦しいことですが、いかにも義景らしい所業。御自分の力だけでは大事はできず、他人任せでござるよ」

激することなく穏やかな口調で語り、光秀は小さくため息を吐いた。

「光秀殿、上さまは信玄上洛を五月とお信じになられ、その日を待ちわびておられますぞ」

期待に胸を疼かせる義昭の様子が目に浮かぶ。

「ところで、藤孝殿、決心はつきましたか」

光秀は冷めた口調で話題を変えた。

「……上さまを裏切り信長公へ寝返ることですか」

藤孝の視線が光秀からそらされた。

「決意なさったか」

やや語調を強くして光秀は問いを重ねた。

藤孝は苦悩を滲ませた。額に汗を滴らせ、

「正直、迷っております」

「迷うは幕臣としての忠義でござりますか」

「そればかりではござらん。信玄上洛……信長公の滅亡が……卑怯と断じてくだされ」

藤孝は両手をついた。

「面を上げてくだされ。わたしは藤孝殿を蔑みはしませぬ。戦国の世、いかにして生き残るか模索する日々でござる。己の判断一つで家名が保たれ、滅びもする、かく申すわたしなどは身に沁みております」

光秀は齋藤道三が息子義龍に討たれたため、美濃明智城が落城し、浪々の身となって十年以上を越前で過ごしたこと、ようやく召し抱えられた朝倉家では冷遇されたことを語った。

「それゆえ、藤孝殿が信長公が衰運にあると見て上さまにお仕えするのを悪いとは申しませぬ。むしろ、当然の身の処し方であると受け止めます。ですが、一方で藤孝殿には恩があります。不遇をかこっておりましたわたしを引き上げてくださったのは藤孝殿、義昭公に引き合わせてくださったのは藤孝殿でござる。それゆえ、藤孝殿には身の処し方、誤って頂きたくはない」

とくとくと光秀は語りかけた。

藤孝は口をへの字に引き結んで聞いている。

「誤って欲しくはないゆえ申します。武田信玄はこの世にありませんぞ」

光秀が言うと、

「な、なんと」

藤孝は表情を強張らせた。

「信玄は甲斐へ戻りますぞ。甲斐に戻り、上洛の軍など起こしませぬ」

「それはまことでござるか」

「わたしの手の者がしかと確かめました。手の者ばかりではござりませぬ。上さまは武田信虎殿を信玄の陣に使わされましたな。その信虎殿も確かめております」

「では、朝倉義景に送った書状というのは」

「祐筆が書き、信玄の花押(かおう)を真似て作成したのでしょう」

という光秀の答えに、

「う〜む」

藤孝は唸(うな)った。

次いで、

「ならば、上さまをお諫(いさ)めせねばなりませぬな」

声を上ずらせた。

「おやめくだされ」

「いや、これ以上の火遊びはお諫めせねばなりませぬ。上さまとて、武田信玄が甲斐に戻り、上洛せぬと聞けば、信長公と敵対なさりはしませせぬぞ」

藤孝は言った。

「その必要はござりません」

「何をおおせか」

「上さまには信玄が生きており、上洛すると思わせたいのでござる」

「光秀殿……」

藤孝は困惑した。

「これを機に上さまには都より、去って頂きたいと存じます」

光秀は眦を決した。

「都より去る……上さまを追放なさるのか」

「さようです」

「なんと……」

藤孝は苦渋を滲ませた。

光秀は半身を乗り出した。

「上さまには都を去って頂き、信長公が都の治安を守り、禁裏を守護されるのです」

「信長公は足利将軍家に代わるおつもりだということですか」

藤孝は戸惑い気味に問うてきた。

「最早、足利将軍家などは時代の遺物であるとわたしは思います。戦国の世を治め、天下を統べる者、すなわち天下人を民は待ち望んでおるのです」

光秀の言葉に感じ入ったように藤孝はうなずく。

「信長公こそが天下人であると、光秀殿はお考えなのですな」

「さよう」

「しかし、信長公の苛烈さを民は受け入れるでしょうか」

「民が望むのは平穏な世、笑って暮らせる世です。それを招きよせるには、この世を業火で焼き尽くす荒療治が必要と考えます」

「信長公ならば荒療治もできるというわけですな」

呟くように言うと、藤孝は口を閉ざした。

光秀も沈黙し、藤孝の決断を待った。藤孝が問いかけた。

「光秀殿を疑うつもりはござりませぬが、こたびの苦境から信長公は脱することができましょうな」

「間違いなく脱します。こたびの信長公の苦境の源は武田信玄にありました。信玄が起つからこそ、浅井、朝倉、一向衆徒、六角の残党が兵を挙げたのです。信玄に織田との合戦の意志がなければ、それらの勢力は雲散霧消することでしょう。よって、信長公は危機を脱するのです。しかしながら、問題はその後です。義昭公がおわす限り、信玄に代わる大勢力、たとえば上杉謙信に信長公打倒を要請されるでしょう。義昭公は信長公の棘であるばかりか、天下静謐にとって大きな妨げなのです」

光秀の言葉を藤孝は嚙み締めるようにして聞いていたが、

「承知しました」

短く寝返りの意志を示した。

光秀は藤孝の手を両手で握り締めた。

藤孝は深くうなずいた。光秀は深々と頭を下げてから、改めて藤孝を見た。藤孝の目に宿っていた曇りが取り除かれている。

「では、いかにすればよろしい。信長公に誓紙と人質を出しましょうか」

藤孝の問いかけに、

「それもよいですが、藤孝殿には大事なお役目をお願いしたいのです」

光秀は真摯な表情で申し出た。

覚悟を決めたようで藤孝は静かにうなずく。

「上さまに武田信玄は上洛すると信じさせてくだされ。そして、信長公に対し兵を挙げさせて欲しいのです」

「信長公に上さま追放の大義を持たせるためですな」

「さようです。上さまが兵を挙げるのは二度です」

「二度……」

藤孝は首を傾げた。

「一度ならず二度までも兵を挙げたとなると、上さまが追放されても仕方がないと民も禁裏も受け取ることでしょう」

光秀の考えに、

「なるほど、用意周到な光秀殿らしいですな」

藤孝は表情を和らげた。

「それで、藤孝殿、これからの頼みは大変に辛いお願いでござる」

光秀は居住まいを正した。

「何でも申してくだされ」

藤孝も背筋をぴんと伸ばした。

「上さまに兵を挙げさせるのは、お兄上三淵藤英殿を通じて行って頂きたい」

「兄上を裏切れと申されるか」

藤孝は躊躇いを示した。

「お辛いでしょうが」

藤孝は悩ましげに腕を組んだ。

「三淵殿は上さまを裏切り、信長公へ寝返ることはないと存ずる。いかがかな」

光秀は問いかけた。

「兄上は上さまに従うでしょうな」

「としますと、どのみち藤孝殿は三淵殿を裏切ることになるのですぞ」

「それはそうですな……」

ため息を吐いてから藤孝は承知した。

「藤孝殿、三淵殿には織田に寝返ったふりをすると申されよ。それで、織田の内情を探るのだと」

「そうですな、それくらいのことをやらねば、なりませぬな」

「心を鬼にしてくだされ」

光秀は両手をついた。

「わかりました。その役目、承知しました。必ず、やり遂げてみせます」

藤孝は決意を示すように目をかっと見開いた。

五

光秀が藤孝を味方につけた頃、円也は信虎と共に御所を訪れた。三淵藤英に面談を求める。

御殿脇の客間に通された。

藤英は、

「信虎殿、お疲れさまでしたな」

と、上機嫌で出迎えた。

ちらっと円也を見る。

「円也と申してな、時宗の遊行僧なのじゃが、この者が大変にわしを助けてくれたのじゃ」

信虎が紹介をしてくれた。

「ほお、それはそれは……円也殿は何故信虎殿をお助けくだされた」

藤英は円也を見る。

「拙者、朝倉にはいささか縁がございましてな、越前の坂井郡長崎村にある称念寺に立ち寄り、朝倉家の方々とも懇意にしておりました」

円也は懐中から小さな壺を取り出した。

「セイソ散でござる」

円也は藤英に示した。

「おお、セイソ散でありますな。朝倉家秘伝の傷薬ですな。拙者も越前に滞在しておった頃、鷹狩り(たかがり)で足を怪我し、朝倉家中から頂戴した。傷は覿面(てきめん)に治りましたぞ」

これで藤英は円也を信用したようだ。

「朝倉の御屋形さまのために、武田信玄公に信長を打倒してもらおうと思いましてな」

円也はもっともらしい顔で言った。

「なるほど、それは頼もしい。それにしても、よく武田の動きを見定めることができましたな」

藤英が問うと、

「円也殿には、遊行仲間がおりましてな、武田の巫女忍びどもとも交流があるのじゃ」

信虎はひひひと気味の悪い笑い声を放った。

「なるほど、ということは、円也殿は朝倉の忍びでござるか」

「朝倉の忍びではござらん、わしはあくまで遊行の者。遊行の者にとって、住みやすい世になればよいと思い、動いておるだけでござる」

「それはどんな世でござるのか」

藤英の問いかけに、

「自由な世ですな。誰の支配も受けない世です」

円也が答えるとそれには乗らず信虎は話題を変えた。

「ともかくじゃ。晴信は五月には上洛を遂げるぞ」

「いよいよですな」

藤英は目を輝かせた。

「そうじゃぞ。将軍家にあっては信長への積年の恨みを晴らす時じゃ」

信虎は肩を怒らせた。

「信長はどうしておりましょうな」

藤英の問いに、

「岐阜城に籠(こも)ってぶるぶると震えておるじゃろうて」

信虎が答え、

「信長が本国としている美濃の岩村城が武田の手に落ちながらも奪還に動くこともない。信長がいかに武田を恐れておるかですな」

円也が言い添えた。

「なるほど。しかし、信長という男、まさしく表裏の者、猫を被って大人しくしておるだけかもしれぬ」

藤英は危惧を示した。

「家康が無謀にも信玄に挑み、こてんぱんにやられたからな、信長も慎重になっておることは確かじゃ。攻めるなら好機じゃぞ。信長はな、これまで自国領を侵されたことはなかった。それが、今回は東美濃を奪われた。岩村城の城主は信長の叔母だそうじゃ。その叔母がこともあろうに武田の武将秋山虎繁の妻となった。まさしく、信長はこれ以上のない屈辱を味わわされた。それなのに、岐阜城を動かぬ。攻撃こそが最大の防御と思っておるような信長がひたすら守りに入っておる。こうなると、もろいものじゃぞ」

信虎の言葉に藤英はうなずく。

「将軍家、今こそ兵を挙げる時じゃな」

強い意志を目に込め信虎は促した。

「そうですな……それは、上さまと協議の上……」

藤英は即答を避けた。

「時機を逸するぞ」

信虎は煽る。

「上さまのご判断ですな」

藤英は明言を避け、はぐらかした。

無理強いはせず信虎はつまらなそうに顎を掻いた。

それから、

「織田の内情を探ってはどうか」

信虎は藤英を見た。

「そうじゃ、わしが探ろうか」

円也の申し出を、

「いや、それは……」

藤英が躊躇いを示す。すると信虎は、

「よいではないか。円也殿ならばそんじょそこらの忍びなんぞより、よほど役に立つぞ」

「それはわかりますが」

藤英は言葉を濁した。

「幕府に凄腕(すごうで)の忍びがあるのならともかく、織田家の内部の雑説(ぞうせつ)まで手に入れられる者がおればよいのじゃがな」

信虎は独り言のように言ってから藤英に身を乗り出し、

「二千貫でどうじゃ」

「二千貫……」

藤英は唸った。

「我ら二人で二千貫じゃぞ。ひひひひ。なあ、円也殿」

信虎は二千貫もの金が目の前にあるかのように舌舐めずりをした。

「二千貫でござるか」

苦り切った表情で藤英は言った。

「安いもんじゃ。二千貫で信長の本音がわかるのじゃからな。申しておくがな、織田の本拠、岐阜は固いぞ。迂闊(うかつ)には近づけぬ。信玄の忍びとて岐阜城の奥深くには立ち入れぬぞ。わしなら信長に会える。武田の内情を買ってくれとな」

得意げに信虎は言い立てた。

「しかし、二千貫もの金はない。ない袖は振れぬのが実際のところなのじゃ」

藤英は首を左右に振った。

すると信虎はにやっと笑い、

「ならば、信長に出させればよかろう」

「信長に……」

藤英は口を半開きにしたがすぐに笑みを浮かべ、

「なるほど、それは面白いですな。名目は……ええっと……なんでもよいか。これは面白い。信長を滅ぼすための探索費用を信長本人に出させるということか。なるほどな、これはよい」

信虎の考えを藤英はすっかり気に入ってしまった。

「ならば、頼んだぞ」

信虎は念押しして円也と共に藤英の前を辞去した。

その半時後、光秀は藤英から呼ばれ御所へとやって来た。

「火急の用向きとは」

光秀が尋ねると、

「織田殿にいささか金子(きんす)を御用立て願いたい」

藤英は切り出した。

「いかほどでござりますか」

光秀は静かに尋ね返す。

「二千五百貫である」

藤英は信虎と円也の要求に五百貫を上乗せして要求した。

「信長公に上申するには、それなりの使い道を申し添えねばならぬ程の金子になりますな」

光秀らしい微妙な言い回しで問いかけた。

「御所の修繕、奉公人どもへの手当て、武具も整えたい」

藤英はもっともらしい顔で言い立てた。

「なるほど。上さまにあられては、戦支度をなさるのですか」

光秀がいぶかしむと、

「用心のためでござる。織田殿が岐阜にお戻りになり、都は手薄となっておるのでござるぞ。それとも、織田殿がすみやかに都に戻ってくださるのですか」

藤英は強気に出た。

「いや、直ちにはできませぬな。美濃も武田勢の脅威にさらされております。都は我らでお守り致します」

光秀は言った。

「それでは心もとない。我らも自衛せねば。禁裏をお守りせねばならぬのですぞ」

藤英はもっともらしい理屈を重ねて言い立てた。

光秀は気圧されたように黙り込んだ。それを見て藤英は畳みこむ。

「まだまだ畿内には不穏な勢力がおりますぞ。かつての三好党の如く、織田殿が岐阜に戻っておられるのをいいことに御所に攻め寄せるかもしれないのです。そうなったら、いかにされる。織田殿が駆けつけるまで、都に残された織田殿の軍勢と我ら幕臣で守らねばならぬのじゃ」

目をむいて藤英は語った。

「承知した。ならば、岐阜に使者を立てますぞ」

光秀は請け負った。

「うむ、明智殿、何卒よしなに頼む」

藤英は威厳を示すように胸をそらした。そこへ、藤孝が入って来た。

「明智殿、今日はどのような用向きで参られた」

さりげなく藤孝は尋ねた。

光秀が答えるまえに藤英が言った。

「わしが呼んだのだ」

「ほう、兄上が」

藤孝は藤英の横に座った。

「織田殿に二千五百貫を用立ててくださるようお願いしたのだ」

軍備を充実させるための金子であると藤英は説明した。

「そうですか。明智殿、お手を煩わせますな」

藤孝は光秀に向いた。

「なんの、上さまのご心配ももっともです。信長公が岐阜を動けぬとあればせめて金子を用立てるのは当然のことと存ずる」

光秀は慇懃(いんぎん)に答えた。

「兄上、それでは、わたしが岐阜に参りましょう」

藤孝の申し出に、

「そなたがか」

藤英は虚をつかれ迷う風な様子であったが、

「そうか、そなたが行ってくれるか。よし、ならば、明智殿の書状を持ち岐阜へ向かってくれ」

と、言い置くと書状を受け取り次第、用部屋に顔を出すよう申し付けた。藤英が出て行ってから、

「兄が二千五百貫もの金子を要求したとはどういう風の吹き回しでしょうな。軍備の充実と、もっともらしいことを申しておりましたが」

藤孝の疑問を、

「策でござるよ」

光秀は円也が信虎を抱きこんでの岐阜探索を語った。

「それにしても、円也が要求したのは二千貫、それを五百貫上乗せするとは、三淵殿、ちゃっかりとしておられますな」

「兄らしいです」

恥じ入るように藤孝は目を伏せた。

「それはともかく、うまい具合に乗ってくれました」

「では、わたしが岐阜に参るのも、好都合というものですな」

「まさしく」

「岐阜への使いで織田家の内情を探るということを申し出ます」

「頼みます」

光秀は頭を下げた。


その足で藤孝は藤英と会った。

「すぐにも岐阜へ向かいます」

藤孝は言った。

「うむ、頼む」

藤英はうなずく。

ここで藤孝が、

「岐阜へ参るからには」

と、思わせぶりに微笑んだ。

「どうした」

「岐阜で織田殿の本音を探って参りたいと思います」

「それはよいが、そんなことができるのか」

藤英はいぶかしんだ。

「織田殿に寝返るふりをするのです」

藤孝は声を潜めた。

「ほほう。それは面白いのお」

藤英はほくそ笑んだ。

「それで、織田殿に近づき織田殿の本音、武田信玄の動きなどを探りたいと思います」

「うむ、妙案じゃな」

藤英は思案を始めた。

「兄上、いかがされたのですか」

「実はな、武田信虎を岐阜に使わす。それで、信虎に信長の内情と信玄の動きを探らせようと思ったのじゃ」

「そうですか、しかし、わたしも探ることにはいいと思うのです」

「それもそうだな。情報は多角的な方向から調べるのが正確というものじゃ」

「大任を果たします」

「頼むぞ。信玄がまこと五月に上洛するのかどうかを確かめてくれ」

「信玄が上洛をすれば兵を挙げるのですね」

「そうじゃ。いよいよ信長を打倒し、幕府再興の夢を叶える」

「兄上の悲願ですな」

「そなたの願いでもあろう」

「幕府再興がなったなら、どのような世が招かれるのでしょうな」

藤孝の問いに、

「都と畿内に静謐がもたらされるに決まっておろう」

あたり前のことを聞くなと藤英は言い添えた。

六

三月の末、信虎と円也は御所の奥書院で藤英に岐阜行きの報告をした。

「確かに二千貫を明智十兵衛殿より御所に届けて頂いた。お約束の通り、上さまは貴殿らにお支払い致す」

誇らしげに藤英は告げた。

信虎はにんまりとし、円也は礼を述べ立てた。

「それで……」

岐阜での首尾を藤英は問うてきた。

信虎は表情を引き締め、

「信長は相当にびびっておるな。これまでになくびびっておる。若き日の晴信のようじゃ」

賛同するように円也もうなずく。

「岐阜の守りが堅くなっておるからか」

藤英が確かめると、

「そんなことはあたりまえじゃな。武田の西上に備えなくとも岐阜の城下は堅固に守られておるわ」

いかにも小馬鹿にしたように信虎は言った。藤英はむっとしながらも下手に出て、

「すると、何を拠り所に信長がこれまでになく臆しておると申される」

「楽市、楽座じゃ」

信虎は円也を見た。

円也が信虎の言葉を引き取る。

「岐阜の城下、加納という集落に信長は楽市楽座を設けております。その中では税が課せられず、座に属さなくとも商い、大道芸が営める市ですな。それゆえ、信長の領国内ばかりか遠国からも商人や我ら遊行の者がやって来ます。信長の狙いは領国の内

外に市場を開くことにより、豊富な品々と雑説がもたらされることです」

「それは聞いたことがござる」

　藤英はそれがどうしたと言いたいようだ。

「その楽市楽座に我らは入れなかったのですよ」

　円也の言葉に信虎は深くうなずく。

「それは……」

　興味を抱いた藤英は半身を乗り出した。

「余所者を排除しており、楽市、楽座ではなくなっておった。信長自慢の楽市楽座は閉じられ、ひたすら武田の忍びへの警戒を優先させておった。他国から出入りを許されておるのは堺の商人どもばかり。鉄砲の買い入れには熱心というわけじゃ」

　円也が続けると、

「信長は評判を気にかける。楽市楽座を閉じるなど面子を捨てた証。面子を捨ててまで岐阜を守っておるとは。おまけに鉄砲を熱心に買い付けておる……武田に怯えておる証であるな」

　満足そうに藤英は笑みを広げた。

　信虎が、

「信長は武田が岐阜に向かって軍勢を進めてくると確信しておるぞ。岩村城を奪った秋山虎繁を尖兵（せんぺい）としてな。よって、岐阜を動くことはできぬ。なあ、わしが申したように、将軍家が兵を挙げるなら今じゃ」

「いかにも」

藤英は拳を握り締めた。

円也と信虎が帰ってから藤英は藤孝と共に足利義昭の御前に出た。大広間の上段に座した義昭は、

「信玄は、五月には上洛するのじゃな」

待ち遠しいように藤英に問いかけた。

「間違いないと存じます。つきましては、信虎が岐阜城下を探り、信長が武田信玄に備えて岐阜城に籠って身動きできぬこと、確かめてまいりました。また、藤孝が岐阜城の様子を見てまいりました」

藤英が返すと、

「おお、そうか。どうじゃった」

期待で声を上ずらせ、義昭は問いかけてきた。

藤孝は威儀を正し、

「織田殿、相当に切迫した様子でござりました。信濃方面から、武田勢の動きを報せる伝令がひっきりなしに駆け込んでおりました。朝倉義景殿に信玄殿が報せたように五月上洛は信憑性(しんぴょうせい)が高いものと存じます」

「うむ」

義昭は全身で喜びを表し、藤英に視線を移した。

「直ちに兵を挙げましょうぞ。信長が岐阜を動けぬ内に都で兵を挙げ、信長の不忠を弾劾するのです。さすれば、畿内周辺の国人衆は上さまの下へ馳せ参じましょう。朝廷もお味方してくださります」

諸手を挙げて挙兵を進める藤英に、

「いや、兄上、ここはもう少し様子をご覧になられてはいかがでしょう」

藤孝は危惧の念を示した。

「今更何を申すのじゃ。信長は岐阜を離れられぬ。武田信玄は美濃に攻め込むのじゃぞ」

藤英が怒りの形相を向けると、

「武田勢が上洛に向け、軍勢を進めるのは間違いないと存ずるのですが、一つ気になることがあるのです」

藤孝は藤英から義昭に視線を転じた。

「申してみよ」

信長打倒に意気軒昂となっていた義昭は水を差され、気分を害したようでぶっきらぼうな口調で尋ねた。

「拙者、上さまから織田殿に寝返る旨、明智十兵衛に伝え、織田家中内部の雑説を得ることができました。信長は信玄の動きを事細かに調べさせ、越前朝倉家より信玄にセイソ散が送られたことを摑んだそうです」

藤孝の報告を聞き、

「セイソ散とは朝倉家秘伝の傷薬であるな。余が一乗谷に逗留しておった頃、耳にした。高価で稀少な薬、門外不出であったな」

義昭はうなずいた。

「そのセイソ散が信玄殿に送られたということは……」

藤英の問いかけに、

「本物の信玄は重傷を負っておると思われます。よって、しばし療養のために徳川領の三河から武田領の信濃に軍勢を進めたものと織田殿は推量しておられるとか。拙者もその推量通りだと思います。ただ、信玄殿が重傷となりますと、多少、武田勢の西上が遅れるのではと心配致します」

藤孝は言った。

「すると、兵を挙げるのは待った方がよいか」

義昭は肩を落とした。

それを見て藤英が、

「いいえ、すぐにも兵を挙げるべきです。多少、武田勢の上洛が遅れようとも、時機を逸してはなりません」

「そ、そうじゃのう」

義昭も強くうなずいた。


足利義昭は四月と七月、二度に亘って信長打倒の兵を挙げた。

いずれも信長は迅速に鎮圧した。義昭が二度兵を挙げたのは、武田信玄上洛を信じていたからである。武田勢は信濃から美濃には向かわず、甲斐に帰った。

信玄の死は秘されたが、甲斐に帰っても尚、義昭が信玄の生存どころか上洛を信じて疑わなかったのは戦国史の謎である。武力では到底勝てない信長に抗するなど、いくら軍略に疎くても無謀さはわかるはずだからだ。

義昭に信玄上洛を信じ込ませたものは何か。円也とその一党の働きは歴史の表面には決して現れない。

史実は義昭が信長によって京都を追われ、以後、室町将軍が果たした役割は信長が担い、信長は衰運にあった室町将軍を超えた天下静謐、天下一統に邁進する。天下人織田信長の誕生である。信長を天下人に押し上げると大言壮語し、大いなる貢献を果たした明智光秀は益々重用されてゆく。

義昭を都から追放すると、信長は朝廷に奏請し元号を「元亀」から「天正」に改元した。新しき世の到来を天下に示したのである。

近江坂本城本丸御殿の奥書院で光秀と円也は語らっている。

「今度こそ、信長は浅井と朝倉の息の根を止めるであろうな」

円也の問いに光秀は微笑み、

「一月と要さず、殿は……あ、いや、上さまは浅井と朝倉を滅ぼされよう。円也党の働きで信長公は天下人だ」

「いやいや、信長を天下人に押し上げたのは、あくまで明智十兵衛光秀。十兵衛、信長の信頼を勝ち取ったのう。ま、ということはますますこき使われるということだ。なあ、はははは っ」

快活に笑う円也の顔を光秀はまじまじと見返して言った。

「ということは、円也党も多忙な日々を送ることになろうのう」

円也は笑顔を引っ込め、光秀と目を合わせた。

しばし沈黙の後、どちらからともなく二人は腹を抱えて笑った。

この作品は徳間文庫のために書下されました。

徳間文庫

円也党(えんやとう)、奔(はし)る

光秀の忍び

2020年7月15日　初刷

著者　早見(はやみ)俊(しゅん)
発行者　小宮英行
発行所　株式会社徳間書店
東京都品川区上大崎三-一-一
目黒セントラルスクエア　〒141-8202
電話　編集〇三(五四〇三)四三四九
　　　販売〇四九(二九三)五五二一
振替　〇〇一四〇-〇-四四三九二
印刷
製本　大日本印刷株式会社

ISBN978-4-19-894576-3　(乱丁、落丁本はお取りかえいたします)